Achim Fischer

BÜRGERMEISTER DOMBROWSKI
UND DIE VIA ROMEA

Eine Novelle

Zum Buch

Felix Dombrowski, Bürgermeister einer fränkischen Kleinstadt, hat Sorgen, große Sorgen. Es ist der Strukturwandel, der ihn bedrückt, bzw. der ausbleibende Strukturwandel, denn seine Stadt droht zu veröden. Die Geschäfte schließen nach und nach und ziehen zu den Einkaufszentren in der Peripherie.

Da erfährt er von dem Plan, einen neuen Pilgerweg ins Leben zu rufen: die Via Romea. Der Weg führt von Stade im Norden bis nach Rom und direkt durch seine Stadt. Vor seinem geistigen Auge sieht er schon Pilgerscharen, die die Stadt überschwemmen und in den Gasthäusern nach Herberge und Verpflegung verlangen. Mit Elan stürzt er sich auf die Organisation, ruft alle betroffenen Bürgermeister zusammen und gründet mit der italienischen Sektion einen Verein. Bald darauf schnürt er seine Wanderschuhe und begibt sich in Italien auf den Weg, wo die Pilger von der Bevölkerung als „santi pellegrini" euphorisch gefeiert werden.

Doch die Dinge entwickeln sich anders als geplant, nicht zuletzt wegen der beiden Muslime, Farid und Walid, die sich dem Pilgertrupp angeschlossen haben. Nachdem Bürgermeister Dombrowski ihren ersten Vorschlag vehement abgelehnt hat, unterbreiten sie am Ende einen spektakulären Plan, mit dem sich alles ändern würde…

Autor
Achim Fischer
achimfischer-och@web.de

Layout, Satz, Gestaltung
Konrad Grimm, Ochsenfurt

Der auf dem Umschlag abgebildete Kopf
befindet sich am Rathaus Ochsenfurt
und wird Tilmann Riemenschneider zugeschrieben.

Achim Fischer

Bürgermeister Dombrowski und die Via Romea

Eine Novelle

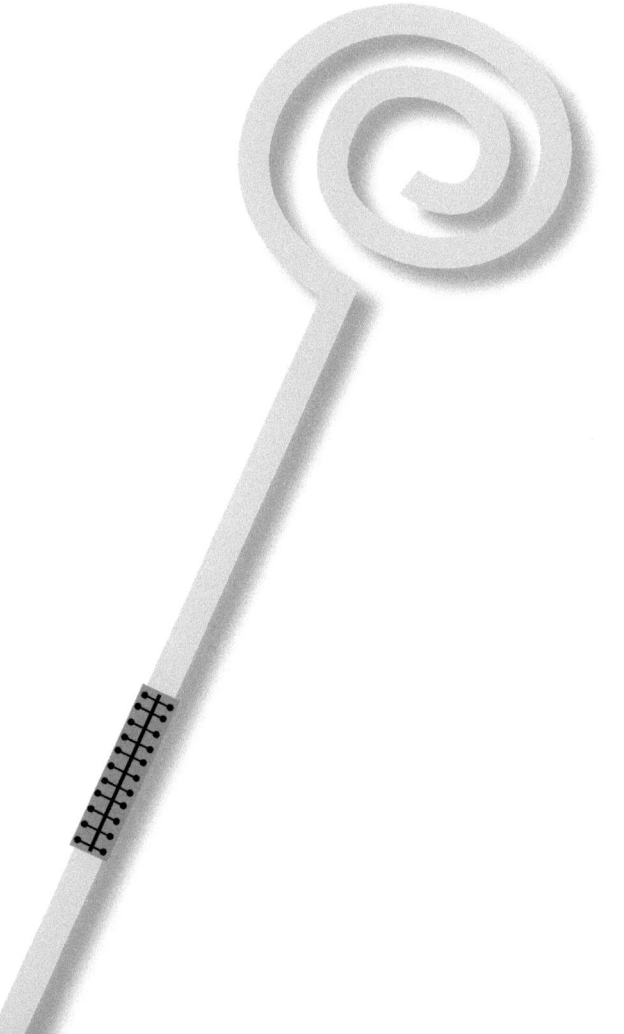

Bibliografische Information der Deutschen Nationalbibliothek: Die Deutsche Nationalbibliothek verzeichnet diese Publikation in der Deutschen Nationalbibliografie; detaillierte bibliografische Daten sind im Internet über dnb.dnb.de abrufbar.

© 2022, Achim Fischer
Herstellung und Verlag: BoD - Books on Demand, Norderstedt

ISBN: 9783739200675

Inhalt

I	Bürgermeister Felix Dombrowski	7
II	Der Brief	25
III	Der Besuch	39
IV	Auf der Via Romea	51
V	Die schöne Bürgermeisterin	57
VI	Der Sängerkrieg	69
VII	Gleichstand	73
VIII	Bagno di Romagna	87
IX	Gleiches Recht	99
X	Sonnenkraft	115
	Danksagung	129

I

Bürgermeister Felix Dombrowski

Man versetze sich einmal in die Lage eines Bürgermeisters. Man stelle sich vor, man stehe einer Gemeinde vor, einer Gemeinde oder lieber einer Stadt, einer Stadt überschaubaren Ausmaßes von, sagen wir, von zwölftausend Seelen, einer Stadt wie zum Beispiel Ochsenfurt am unterfränkischen Main.

Der Begriff Seele ist hier nicht versehentlich genannt, sondern bewusst anstelle von Einwohnern gewählt, um sogleich anzudeuten, hier walte ein Bürgermeister im Rathaus, dem die Geschicke seiner Bürger zu Herzen gehen und der für sie starkes Mitgefühl empfindet. Er weiß um die Sorgen und Nöte seiner Mitbürger, weiß durch jahrelange Erfahrungen und Anwesenheit auf den örtlichen Markt-, Wein-, Pfarr- und Feuerwehrfesten, die ohne Zahl sind, weiß durch die unzähligen Stadtrats- und Ausschusssitzungen, die regelmäßig erst spät in den Wirtshäusern ein Ende finden, weiß von den auf sich genommenen Jubiläen, Ehrungen und Geburtstagsfeiern, deren Zahl Legion ist, weiß also, dass seine Ochsenfurter in allererster Linie Seelen sind. Und erst in zweiter Linie Einwohner. Die Einwohner sind Sache des Einwohnermeldeamtes, dort werden sie sortiert, katalogisiert und statistisch aufbereitet. Der Bürgermeister aber ist um ihr Wohlsein besorgt, um ihr Wohlbefinden in allen Belangen, was seiner tiefsten inneren Überzeugung entspricht. Er sieht in ihnen, insbesondere wenn er die Augen ein wenig verengt und zu dem Butzenglas der Fenster in seinem Arbeitszimmer hin blinzelt, vorrangig Seelen, die seiner Fürsorge im umfassenden Sinn bedürfen. Zudem sind Wahlen grundsätzlich eher mit Seelen, denn mit Einwohnern zu gewinnen, was ebenfalls seiner tiefsten inneren Überzeugung entspricht.

Es ist Bürgermeister Felix Dombrowski, der da in seinem Ohrensessel sitzt und über die Aussichten und Perspektiven seiner Stadt brütet. Er sieht dunkle Wolken aufziehen, die keineswegs erst am fernen Horizont auftauchen, sondern sich schon seit längerem vorangearbeitet haben und drohen, die Stadt zu verdüstern. Er zupft sich am Ohrläppchen, wischt sich über die Nase und versinkt in tiefes Grübeln. Die Züge seines Gesichtes sind von bemerkenswerter Zeitlosigkeit, womit zum Ausdruck gebracht werden soll, sein Konterfei fände passend einen Platz in jeder mittelalterlichen Portraitgalerie. Allenfalls die Frisur zeigt die Nähe zur heutigen Zeit an, denn die vollen grauen Haare sind exakt gescheitelt und sorgfältig geschnitten. Ein grauer Bart umkränzt Kinn und Wangen und verleiht ihm in all seiner Ratlosigkeit, die ihn gerade heimsucht, etwas Ehrfurchtgebietendes. Der Schädel wirkt breit und kräftig und jederzeit willig zum Trotz, den aufzubieten sein Träger in der Lage ist, wenn Widrigkeiten sein Wohlwollen kreuzen. Der breite Nasenrücken verrät eben diese Entschlossenheit zur Durchsetzung seines Willens, während hingegen die hellen Augen es vermögen, in Verständnis, ja selbst Güte dreinzublicken, was so manchen Gesprächspartner unmittelbar für ihn einnimmt.

Eine gewisse Majestät liegt in seinem Wesen. Einmal, bei einem der Rosenmontagsumzüge durch die Stadt, hatte man ihn als König ausstaffiert, mit einer Krone, einem Zepter und einem purpurnen Mantel versehen und auf einem der Umzugswagen auf einen Thron gesetzt. Der Jubel des Faschingsvolkes bei seinem Erscheinen kannte dabei keine Grenzen. Wohl denkbar, dass sich anfänglich in die ausbrechende Begeisterung ein im Ulk gegründeter Überschwang mischte, doch erkennbar wurde vielmehr die aufrichtige Bereitschaft und der Wunsch des Volkes, seinem König zu huldigen, der seinerseits die Huldigungen mit gemessenen Gesten wie selbstverständlich entgegennahm. Die Szene des königlichen Bürgermeisters im Beifallsturm und Getöse der Menge hatte sich aus der Stimmung des Faschingsumzuges ganz und gar herausgelöst, sich verwandelt und ihre eigene Wirksamkeit geschaffen.

Der Strukturwandel ist es, der ihm zu schaffen macht. Die Stadt hat mit dem allgegenwärtigen Strukturwandel zu kämpfen. Großstadtmenschen haben kein Verständnis für die Maße und Verhältnisse der Kleinstadt. Sie meinen, sie bräuchten nur daherzukommen, sich auf den Marktplatz zu stellen und sich überlegen lächelnd umzuschauen, bräuchten sich über die hohe Mauer vor der Kirche und das Straßenpflaster lustig zu machen. Ja, das meinen sie. Dabei bedurfte es immenser Anstrengungen, die sich über mehr als anderthalb Jahrzehnte hinzogen, um die Modernisierung des Marktplatzes in Einheit mit dem Ensemble des Kirchplatzes in die Wege zu leiten und zu einem guten Ende zu bringen. Die Experten der Planungsbüros gaben sich über all die Jahre im Rathaus die Klinke in die Hand und legten Gestaltungsvorschlag um Gestaltungsvorschlag vor, bis man sich aus dem Dickicht der Konzepte eines Tages rettete, indem man einer Kombination aus den drei überzeugendsten den Zuschlag erteilte. Ein Befreiungsschlag, der in seiner Entschlossenheit und Wucht an die Zerschlagung des gordischen Knotens mahnte! Die Frage der Finanzierung blieb die gesamte Zeit über eine Gleichung mit vielen Unbekannten, denn Freistaat, Bezirk, Kreis und nicht zuletzt die Stadt kämpften erbittert um ihre jeweiligen Anteile an den Kosten der Generalsanierung der „Wohnstube" der Stadt, wie es hieß. Aber auch in dieser schwierigen Frage der Kostenverteilung konnte eines Tages Einigung erreicht werden, und die Baumaßnahmen nahmen ihren Anfang. Der Platz rund um die Stadtpfarrkirche St. Michael, 1276 erstmals urkundlich erwähnt, wurde aufgebrochen. Das Ergebnis war das, was Fachleute vorausgesagt hatten, nämlich dass in geringer Bodentiefe eine ganze Reihe von Skeletten zum Vorschein kam. Der Platz um die Kirche war eben der Kirchhof, der in vergangenen Zeiten üblicherweise als letzte Ruhestätte galt. Erst nach den großen Pestilenzen und Seuchen verlegte man den Friedhof in den Außenbereich. Die ausgegrabenen Knochen wurden von Staub und Erde gesäubert, mit nummerierten Banderolen versehen und archiviert. Man überließ sie dem Beinhaus in der neben der St. Michaelskirche gelegenen Friedhofskapelle St. Kilian. Der Kirchplatz wurde neu gepflastert. Die große Freitreppe, die von der Hauptstraße zur Kirche hinaufführte, musste weichen, und man errichtete statt ihrer, aus statischen Gründen, wie es hieß, denn die Kirche drohte in ihrer Gesamtheit abzurutschen, eine imposante Mauer, die sich über die gesamte Front hinzieht. Das Katzenkopfpflaster auf den Hauptstraßen der Innenstadt hatte ebenfalls ausgedient. Die Stadt erhielt eine neue Pflasterung, die keinem Stöckelschuh mehr zum Hindernis werden konnte und nicht nur Inline- und Skateboardfahrern eine geschmeidig glatte Fahrbahn bot. Da konnte man sie wieder gelegentlich hören, die lästerlichen Stimmen aus der Großstadt, die in hochmütigem Gestus meinten, der ausführende Architekt habe sich wohl von seinem Wohnort Stuttgart-Degerloch inspirieren lassen und die dortigen Einkaufspassagen für die Pflasterung zum Vorbild genommen. Nein und abermals nein! Die Bewohner der Stadt haben mit der Renovierung ihren Frieden geschlossen und sind einverstanden mit dem Erreichten. Erst kürzlich hat die Stadt einen städtebaulichen Preis erhalten, ein Umstand, den damals bei der Sanierung niemand jemals für möglich gehalten hatte.

Der Strukturwandel ist es, der Bürgermeister Dombrowski zu schaffen macht, der Strukturwandel in seiner ganzen Erbarmungslosigkeit. Er zupft sich am Ohrläppchen, wischt sich über die Nase und fingert aus der untersten Schublade seines Schreibtisches das Exemplar eines Flugblattes hervor, das vor etlichen Jahren in Umlauf kam, als es darum ging, ein Theater in der Stadt in dem leerstehenden Flockenwerk zu gründen. Ein Theater sollte in der Stadt aufleben, und zwei in der Region bekannte Theaterleute waren angetreten, die Leitung des Projekts zu übernehmen. Ein Projekt, das die Fantasie Purzelbäume schlagen ließ. Dies hätte eine Blutzufuhr ohnegleichen für den Kreislauf der Stadt bedeutet. Das Flugblatt stellte mit Donnerstimme die Fragen an die Bürgerinnen und Bürger:

Was wollt ihr im Flockenwerk haben?
Wollt ihr einen Drogeriemarkt?
– Nein, denn wir haben deren drei in der Stadt...

Wollt ihr einen weiteren Lebensmittelmarkt?
– Nein, denn wir haben schon deren fünf...

Wollt ihr ein Autohaus?
– Nein, wir haben Autohäuser in Fülle...

Wollt ihr eine Metzgerei?
– Nein, denn wir haben die besten im Überfluss...

Wollt ihr eine Bäckerei?
– Nein, wir haben einen Reichtum an ihnen ohnegleichen...

Wollt ihr ein Theater?
– Wollen wir, ja, ein Theater wollen wir!

So sah das noch vor einigen Jahren aus. Ein Theater hatten sie gewollt... Und jetzt? Bürgermeister Dombrowski hat einen Abscheu davor, sich mit Versäumnissen zu beschäftigen, insbesondere dann, wenn man ihn mit ihnen in Verbindung brächte. Ein Theater! Ein richtiges Theater! Was hätte das für den Nimbus der Stadt bedeuten können! Abend für Abend wäre das Publikum herbeigeströmt, hätte sich in die Gastronomien ergossen... aber die von der anderen Partei... und auch seine eigenen... Er zupft sich am Ohrläppchen, wischt sich über die Nase und wählt die Verbindungstaste zu seiner Sekretärin im Vorzimmer.

„Sei so gut..."

Mehr braucht er nicht zu sagen. Nach einigen Minuten erscheint die Sekretärin mit einem Tablett, auf dem sie den Schoppen Silvaner, dessen Glas vor Kälte beschlagen ist, zusammen mit einem Schälchen Erdnüsse hereinträgt. Der Bürgermeister dankt mit einem Kopfnicken und einem aufmunternden Blick, der wohl eher seiner eigenen Gemütsverfassung gilt als der seiner Sekretärin.

Aller Verschönerung und Modernisierung der Innenstadt zum Trotz ließ sich der Strukturwandel nicht aufhalten. Die drei Drogeriemärkte verschwanden nach und nach aus der Innenstadt, und ihr Sortiment fand sich in den neu erbauten Lebensmittel-Centern am Rand der Stadt wieder. „Alles unter einem Dach" hieß der Slogan. Spiel- und Schreibwarenläden gaben ihre zentrale Geschäftslage auf und verlagerten sie in die Einkaufspassage, gleichermaßen am Stadtrand gelegen. Zwei Metzgereien stellten ihren Betrieb ein, weil sie nicht mithalten konnten mit den raumgreifenden Fleischtheken der neuen Center, hinter denen ein ganzer Schwarm gleich kostümierter Verkäuferinnen die Kundschaft bediente. Der Blumenladen zog ab und eröffnete auf dreifacher Geschäftsfläche ebenfalls in der Passage. Und mit dem Ausscheiden des letzten Tante-Emma-Ladens in der Hauptstraße war kein Pfund Mehl oder Päckchen Butter oder Bündel Karotten mehr für die Bewohner der Innenstadt fußläufig zu erhalten. Von nun an benötigte man ein Auto, um seine Einkäufe zu erledigen. Sogar die Ärzte folgten dem Trend. Sie schlossen ihre Praxen und eröffneten sie in dem nigelnagelneuen Ärztehaus jenseits der Bundesstraße. Die Innenstadt war auf dem Weg zu veröden. Da saß der Bürgermeister, von Tag zu Tag betrübter werdend, in seinem großen Ohrensessel und stellte sich die Frage, was zu tun sei. Einzig die Gasthäuser hielten stand, sah man von einer Ausnahme ab, die schmerzlich genug war, dem Weinhaus „Zum fröhlichen Mann", und versagten sich dem Sog in die Peripherie. Nun, er, Bürgermeister Felix Dombrowski, tat jedenfalls sein Bestes, um diese beliebten Orte der Geselligkeit am Leben zu erhalten, was ihm jedermann zugutehalten musste.

Er lächelt ein wenig leidig und leert mit einem Seufzer den Rest aus seinem Glas, um es danach energisch auf dem Tablett abzustellen. Er blinzelt in Richtung der Butzenscheiben und fragt sich zum wiederholten Mal, wie der Strukturwandel aufzuhalten sei, oder wenn er schon nicht aufzuhalten sei, wann denn dann die neue Struktur, die doch der

Wandel bereithalten sollte, sich einstellen wolle, um sich zu erkennen zu geben. Und wie er so zu den Butzenscheiben hin blinzelt, scheint es ihm, als ob er ein Glimmen in seinem Inneren wahrnehme, das, nach all seiner Erfahrung, in der Regel sich zu einem Einfall auswächst, wenn nicht gar zu einer rettenden Idee. Er spürt in sich hinein und nimmt wahr, wie das Glimmen langsam an Stärke und Leuchtkraft gewinnt.

Es steht eindeutig in Verbindung mit dem Vortrag, den er des anderen Tages in der Stadtbibliothek besucht hatte. Ein hageres, von Wind und Wetter gegerbtes Rentnerpaar war als Pilger auf dem Jakobsweg unterwegs gewesen und ließ seine Erlebnisse und Erfahrungen in einem Diavortrag lebendig werden. Man hatte viel Wissenswertes erfahren können und auch Amüsantes, und eine vielköpfige Zuhörerschaft nahm den Vortrag begierig auf, denn Pilgern auf dem Jakobsweg von der französischen Grenze bis nach Santiago de Compostela genießt hohes Ansehen.

Nun ist Bürgermeister Felix Dombrowski nicht auf der Milchsuppe daher geschwommen, wie man immer wieder zu hören bekommt. Wenn jemand in den Vielfältigkeiten dieser Welt, insbesondere in den geographischen und kulturellen, Bescheid weiß, dann ist er es. Den Jakobsweg kennt er natürlich, keine Frage, wenn er ihn auch nicht zu

Fuß erkundet, sondern ihn mit dem Wohnwagen auf einer dreiwöchigen Tour immer wieder gekreuzt hat. Und er ist zu jeder Stunde des Tages und des ausgedehnten Abends bereit, über die ikonographische Ausgestaltung der Westfassade der Kathedrale von Compostela zu berichten, der Fassade mit ihren Darstellungen, die von den Offenbarungen des Johannes künden… wahlweise über… nun, je nach Belieben…

Überhaupt gibt es kaum eine Region in Europa, mit der er nicht auf das Beste vertraut ist. Befindet er sich in Gesellschaft, und er befindet sich meistens in Gesellschaft, und jemand setzt an zu erzählen, wie er beispielsweise neulich Brünn besucht habe, um dann über Olmütz, Ostrau und Kattowitz nach Krakau zu gelangen, so hat dieser Erzähler größte Mühe, seine Reise zu schildern. Er wird Brünn nennen können, im günstigen Fall noch Olmütz, dann aber wird sein Beitrag vom Bürgermeister unterbrochen, der ihn mit kenntnisreichen Details aus seinem ureigenen Erleben in den Schatten stellt. Mit ausladenden Handbewegungen, bei denen der Bürgermeister immer wieder gegen Arme oder Schultern seiner Nachbarn gerät oder sie auf den Oberarm pufft, um ihre unbedingte Aufmerksamkeit zu fordern, baut er seine Schilderungen Stück um Stück auf. Anschaulich beschreibt er seine Erlebnisse und versteht es bestens, um sie herum allerlei Anekdoten und Schnurren zu binden, die lautes Gelächter hervorrufen. Der ursprüngliche Erzähler und die übrigen Zuhörer fungieren allenfalls als Stichwortgeber für weiter ausgreifende Schilderungen. Dennoch ist kaum jemand ob dieser Zurücksetzung ärgerlich, denn eine heitere, überaus gelöste Stimmung folgt den Erzählungen des Bürgermeisters, wo immer diese hinführen, und belebt die gut gelaunte Runde bis hin zur Ausgelassenheit.

Das Gleiche wäre im Übrigen passiert, wenn jemand die Gegend um Arezzo und Florenz in Italien erwähnt hätte oder aber Burgund mit Dijon und Auxerre… Felix Dombrowski ist ohne jeden Zweifel viel herumgekommen, hat viel gesehen, ist immens kenntnisreich und ein Unterhalter von Format. Dessen ungeachtet oder auch folgerichtig, je nach Blickwinkel, ist ihm das angesprochene Pilgern keineswegs unbekannt. Hat er zwar seine Füße nicht Schritt um Schritt auf den weiten Wegen nach Santiago de Compostela gesetzt, wie das erwähnte wettergegerbte Rentnerpaar, so besteht er doch darauf, und zwar mit allem Recht, seine eigenen Erfahrungen mit dem Pilgern gemacht zu haben.

Beschwerlich genug waren sie, seine eigenen Erfahrungen, gleichzeitig erfüllend und beglückend, wie er nicht müde wird, zu betonen, denn nicht nur einmal hat er sich dem Pilgerzug in der letzten Woche des Augustes, ausgerufen von der Kreuzbruderschaft, zum heiligen Berg der Franken, dem Kreuzberg in der Rhön, angeschlossen. Um die zweihundert Wallfahrer aus Ochsenfurt machen sich jedes Mal bereit, um in mehreren Tagesetappen die rund 220 Kilometer zu bewältigen. Das ist ein strapaziöses Unterfangen, dem sich da die Wallfahrer unterwerfen...

Halt! Wir müssen jetzt hier kurz innehalten und einen Einwand vorbringen. Wir müssen es anstelle von Bürgermeister Dombrowski tun, denn dieser würde vielleicht erst viel später auf den Unterschied von Wallfahren und Pilgern zu sprechen kommen und darauf bestehen, diese beiden gottgefälligen Fortbewegungsarten nicht in einen Topf zu werfen - auch wenn er selbst dazu neige, wie er unter gewinnendem Lachen unumwunden zugibt.

Wallfahren (demonstratio catholica) bedeutet, sich einem Ziel zu nähern, ist somit zielorientiert. Die Wallfahrer sind einem Brauchtum verpflichtet und bewältigen ihre festgelegte Strecke in einer größeren Gruppe zu einer bestimmten Zeit. Das Pilgern (peregrinatio) hingegen ist wegorientiert. Der Pilger wandert oft allein oder in kleineren Gruppen von selbstbestimmter Dauer und legt dabei größere Entfernungen zurück, was er in unregelmäßigen Abständen tun kann. In aller Kürze also, Wallfahren ist zielorientiert und Pilgern wegorientiert zu verstehen.

Nun gut, nachdem wir uns dieser Unterscheidung bewusst geworden sind, können wir sie wieder getrost beiseiteschieben und vergessen, denn sie spielt keine Rolle bei dem, was da in des Bürgermeisters Kopf hat zu glimmen begonnen und der Ursprung einer weitreichenden Idee sein könnte, wenn sie denn weiterverfolgt würde. Da aber die Idee noch keine rechte Gestalt hat annehmen können, vielmehr sich erst im Stadium ihres Entstehens befindet, sind ihre Konturen schwach ausgebildet und undeutlich zu erkennen. So viel lässt sich allerdings schon sagen, dass dem Bürgermeister der Weg vorschwebt, das Wandern auf Wegen, das Wandern in großer Zahl auf Wegen, die wünschenswerterweise auch durch Ochsenfurt führen sollten. Dass seine Stadt irgendeines – ungewissen – Tages zu einem Wallfahrtsort erhoben werden könnte, zu dem die Gläubigen in Scharen herbeiströmten, käme ihm nie in den Sinn. Nein, es sind die Wege, die seine Fantasie beflügeln, genauer die Pilger, die sie bevölkern, und wenn sich ihnen einige verirrte Wallfahrer zugesellen sollten, wäre es ihm nur recht.

Den Anstoß hatte das hagere Rentnerpaar mit seinem Diavortrag über seine Erlebnisse auf dem Jakobsweg gegeben. Es waren aber nicht in erster Linie die Erlebnisse und Erfahrungen der beiden Pilger, ihre spirituellen Eindrücke, die ursächlich das Glimmen angestoßen hatten, das sich in des Bürgermeisters Kopf ausbreitete, wenn auch langsam und in gemächlicher Weise. Ihn beeindruckten vielmehr die Schilderungen der endlos sich hinziehenden Reihen von Pilgern beiderlei Geschlechts aus aller Herren Länder, die sich entlang der Ortschaften in Richtung Santiago fortbewegten. Endlose Schlangen von Menschen, die alle dem Weg folgten, und der Weg führte durch die Dörfer und Städtchen, die sich in regelmäßigen Abständen aneinanderreihten, von denen ein jedes alle Mühe hat, den vorbeiziehenden Pilgern Speise und Trank, Dach und Bett in ausreichendem Maß anzubieten. Bilder waren eingeblendet, die zeigten, wie an bestimmten Staupunkten Massen von Pilgern durch die schmalen Gassen eines Städtchens drängten oder wie an viel befahrenen Ausfallstraßen eine kaum unterbrochene Kette von ihnen ihrem Ziel entgegenmarschierte. Ein endloser Strom von rucksackbepackten Gängern ohne Anfang und ohne Ende ergießt sich von der französischen Grenze entlang der Biskayaküste bis zu seinem Ziel Santiago de Compostela, um dort den letzten Stempel in den Pilgerausweis, den Credencial del Peregrino, zu erhalten.

Die Ortschaften entlang des Jakobsweges scheinen es gut getroffen zu haben, denn wenn auch Pilger in der Regel sparsame Leute sind, so müssen auch sie etwas zu knabbern, etwas zu trinken haben und zur Nacht eine Schlafstatt aufsuchen. Was wäre es für ein Glück, wenn Ochsenfurt am Jakobswege läge! Die dortigen Bürgermeister werden sich keine

Sorgen wegen des Strukturwandels machen müssen. Für sie ist der Strukturwandel ein Fremdwort, denn ihre Aufgabe besteht lediglich darin, dafür Sorge zu tragen, dass in der jeweiligen Gemeinde eine ausreichende Anzahl von Gasthäusern und Unterkünften zur Verfügung steht. Was für ein paradiesischer Zustand für einen engagierten Bürgermeister! Wie wollte er sich ins Zeug legen, um genügend Gasthäuser in seiner Stadt …. Und die Wirte könnten dessen sicher sein, dass er keine Nachlässigkeiten im Betrieb dulden würde… Überraschende Besuche seinerseits in beharrlicher Regelmäßigkeit würden schon ihre Wirkung nicht verfehlen…

Bürgermeister Dombrowski zupft sich am Ohrläppchen, wischt sich über die Nase und drückt die Verbindungstaste zu seiner Sekretärin.

„Sei so gut…"

Mehr braucht er nicht zu sagen. Nach einigen Minuten erscheint die Sekretärin mit einem Tablett, auf dem sie den Schoppen Silvaner, dessen Glas vor Kälte beschlagen ist, zusammen mit einem Schälchen Erdnüsse hereinträgt. Der Bürgermeister dankt mit entschlossenem Blick, der seiner sich wandelnden Gemütsverfassung entspricht.

Sicher, der Jakobsweg findet sich auch in Deutschland. Wirft man einen Blick auf die Landkarte, auf der die Verzweigungen des Jakobweges angezeigt sind, sieht man ein Gewürm von Wegen, die sich über das gesamte Land verteilen und sich alle „Jakobsweg" nennen. Es wäre ein Leichtes, Ochsenfurt an einen dieser Zulieferwege anzubinden, aber eine Hilfe wäre es nicht. Keinen zusätzlichen Wanderer lockte man damit an, wenn die Verbindung zwischen Oberickelsheim, Ochsenfurt und Eibelstadt auf einmal mit einem Hinweis „Jakobsweg" ausgeschildert wäre. Nein, das wäre keine Hilfe. Eine andere Lösung muss her.

II

Der Brief

Zuweilen geschehen erstaunliche Dinge, deren Zustandekommen so frappierend auf den Betrachter wirkt, dass er sich scheut, nach Begründungen für ihre Entstehung zu suchen, weil dazu im Ungewissen gestöbert werden müsste. Der fromme Mensch kann sich jederzeit auf ein Wunder berufen, auf ein gütiges Zeichen des Himmels. Andere Menschen verfallen in eine Form der Ratlosigkeit. Sie werden unmittelbar mit ihrem Nichtwissen konfrontiert, mit dem Unerforschten, und spüren allenfalls ein geheimnisvolles Wirken unbekannter Kräfte. Man könnte auf die Idee verfallen, Gedanken, insbesondere Gedanken starker Intensität, wie sie Bürgermeister Dombrowski in seinem Lehnsessel hinsichtlich des drohenden Strukturwandels gehegt hatte, besäßen eine Art Magnetismus, der in der Lage sei, Erscheinungen anzuziehen, die den besagten Gedanken auf das Trefflichste entsprächen.

Was immer den Anstoß gegeben haben mag, einige Tage nach des Bürgermeisters Grübelei im Lehnsessel seines Amtszimmers erreichte ihn ein Brief seines Amtsbruders Herbert Berger, des Bürgermeisters von Gilling, einer Kleinstadt im südlichen Bayern. Dombrowski kennt Herbert Berger von den jährlichen bayerischen Bürgermeisterversammlungen, bei denen sich die geselligeren Naturen – und Bürgermeister sind von Amts wegen gesellig – des Abends gerne zusammensetzen, um einmal in aller Offenheit und frei von jeder Tages- und Geschäftsordnung über die Besonderheiten der kommunalen Politik in all ihren Aspekten zu reden. Dombrowski und Berger hatten sich auf Anhieb verstanden und waren in losem Kontakt geblieben. Dombrowski entnimmt den Brief dem Kuvert, faltet ihn auf und beginnt zu lesen:

„… als ich davon Kenntnis erlangte, habe ich als erstes an Dich gedacht, denn wenn einer für dieses Projekt die rechten Voraussetzungen und die notwendige Initiativkraft mitbringt, bist Du es.

Es geht, klipp und klar gesagt, um die Einrichtung eines überregionalen, internationalen, europäischen Wanderwegs oder Pilgerwegs. Du wirst Dich nicht an dem Begriff „Pilgerweg" stören, denn hier soll eine Alternative zu dem Jakobsweg aufgetan werden, die von Norden nach Süden verläuft. Auf diese Weise sollen die Pilgerströme, die bisher in ihrer Hauptrichtung ausschließlich nach Westen, nach Santiago de Compostela, ausgerichtet waren, eine neue Richtung angezeigt bekommen. Der wirtschaftliche Aspekt dürfte hier von besonderem Interesse sein.

Der Weg führt von Stade bei Hamburg, wo er seinen Anfang nimmt, durch drei bzw. vier bundesdeutsche Länder über Österreich nach Italien bis nach Rom. Insgesamt sind in Deutschland 28 Städte betroffen, die an dem Weg liegen. Selbstverständlich ist Ochsenfurt eine dieser Städte. Gilling natürlich ebenfalls.

Ausgegraben hat diese Route ein italienischer Anthropologe, Prof. Alessandro Rosselli, der eine Abschrift der Wegbeschreibung des Abtes Albert von Stade in dem Archiv der Herzog-August-Bibliothek zu Wolfenbüttel gefunden hat. Albert von Stade ist im Jahr 1236 zu Papst Gregor IX. gereist, um die Erlaubnis für eine Klosterreform in seinem Stader Benediktinerkloster zur Heiligen Jungfrau Maria einzuholen. In seinen „Annales Stadenses" dokumentiert er wichtige kirchliche und politische Ereignisse seiner Zeit und gibt gleichzeitig einen Dialog zweier Klosterbrüder wieder, die sich darüber auslassen, welches die beste Wegstrecke von Stade nach Rom sei. In aller Detailfreudigkeit beschreibt Albert von Stade hier die gesamte Strecke einschließlich der Rastplätze und der jeweiligen

Entfernungen zwischen den Etappen. Dies soll die Grundlage unseres neuen Pilgerwegs werden.

Prof. Alessandro Rosselli hat sich mit Dr. Hubert Tilsit, einem kundigen deutschen Theologen, zusammengetan. Beide stecken nun in der Vorbereitung einer passenden Organisationform, die diesen Pilgerweg ins Leben rufen kann. Wir stehen in enger Verbindung mit den beiden Herren, die für die notwendige fachliche Kompetenz Sorge tragen.

Der Pilgerweg trägt den Arbeitstitel VIA ROMEA. Wie schon erwähnt, liegen 28 Städte an der Route, und Deine Stadt, das schöne Ochsenfurt, liegt so ziemlich in der Mitte. Wärst Du prinzipiell damit einverstanden, als Gastgeber die Gründungsversammlung einzuberufen, um die Bürgermeister der in Frage kommenden 28 Städte zu Dir einzuladen, auf dass die VIA ROMEA aus der Taufe gehoben werden kann…"

Und ob Bürgermeister Felix Dombrowski dazu bereit war! Mehr als bereit! Dann gab es da noch den kuriosen Umstand, der einem Glücksfall gleichkam, dass der Professor Alessandro Rosselli in Bibbiena beheimatet ist, und Bibbiena sowohl an der Strecke der VIA ROMEA liegt als auch die italienische Partnerstadt von Ochsenfurt ist. Die Dinge schienen sich ineinander zu fügen wie Puzzleteile, die allmählich ein prächtiges Bild abgaben.

Die Gründungsversammlung wurde in aller Eile nach Ochsenfurt einberufen. Der Bürgermeister hatte einen Brief entworfen und verschickt, in dem er vollmundig und in den höchsten Tönen das anstehende Projekt eines von Nord nach Süd ausgerichteten Pilgerwegs ausmalte und pries. Nicht vergaß er, auf die zu erwartenden Einnahmen in Gastronomie und Handel hinzuweisen, nicht vergaß er, auf die allgemein auffrischende Wirkung der Pilgerströme für die Städte aufmerksam zu machen, und schließlich bat er um tatkräftige Unterstützung. Die angeschriebenen Städte ihrerseits zögerten nicht lange mit den Antworten, die, mit zwei Ausnahmen, durchwegs in einer Zusage bestanden. So versammelten sich eines schönen Tages die Vertreter von 26 Städten, zusammen mit Pof. Alessandro Rosselli und Dr. Hubert Tilsit, im historischen Rathaussaal zu Ochsenfurt, um die Gründung eines Vereins vorzunehmen, der sich die Aufgabe stellte, die VIA ROMEA von einer Idee in einen begehbaren zeitgenössischen Pilgerweg umzusetzen.

Stade, die Stadt Bischof Alberts, bildet den Ausgangspunkt, danach führt der Weg durch die Heide, weiter nach Ostfalen, um dann am Harz vorbei nach Thüringen zu gelangen, von wo es am Rande der Rhön entlang ins Frankenland geht, weiter danach über das Donau-Ries ins Schwäbische und schließlich in den bayerischen Alpen endet. Alle teilnehmenden Städte und Gemeinden verpflichteten sich, dafür Sorge zu tragen, die in ihrem Gebiet führenden Wege kenntlich zu machen, sie mit einer Plakette auszuschildern und sie in ihre Marketingkonzepte an prominenter Stelle einzubinden. Ein wenig strittig blieb die Frage, in welchem Maße man die Kirchen in das Projekt einbeziehen sollte, und entschied sich dafür, den Kirchen zunächst keine aktive Rolle anzubieten. Zwar endete die Pilgerstrecke in Rom auf dem Petersplatz, aber inwiefern hierbei der Kirche eine offizielle Funktion zukomme, blieb offen. Einig hingegen war man sich schnell über das Vorhaben, den gesamten Weg von Stade bis Rom von Initiativgruppen aus den einzelnen Städten in einer Art Eröffnungsmarsch beschreiten zu lassen. Die lange Strecke sollte verständlicherweise nicht in einem Stück abgegangen werden, sondern man setzte darauf, dass sich in den einzelnen Städten Gruppen zusammenfänden, die für jeweils eine Woche oder auch länger eine Teilstrecke des ganzen Weges auswählten, um dort zu wandern. Im Ergebnis würde dann eines Tages die gesamte Wegstrecke abgelaufen sein, wobei man entschied, das letzte Teilstück mit dem Einzug in Rom enden zu lassen. Zudem hatte sich in Italien schon vor einiger Zeit ein Partnerverein gegründet, mit dem eine enge Zusammenarbeit vereinbart worden war, was nicht zuletzt in einem gemeinsamen Logo zum Ausdruck kam.

Der italienische Verein scheine großes Gewicht zu erlangen und strebe nach Einfluss, sowohl auf politischer Ebene als auch auf kirchlicher als auch auf universitärer, wie Professore Rosselli dem versammelten Gremium mit gewichtiger Miene mitteilte, denn in Italien genössen Pilger seit jeher hohes Ansehen und größte Wertschätzung. Professore Rosselli hatte beide Hände in Schulterhöhe erhoben und dabei mit den jeweiligen Daumen und Zeigefingern einen Kreis gebildet – picobello. Gleichzeitig unterstrich er mit seinen der Rede angepassten rhythmischen Gesten die Bedeutung des Gesagten. Er bemühte sich um eine überdeutliche Aussprache, wobei er einzelne Silben dehnte, die seinem gewählten Deutsch zusätzlichen Glanz verlieh:

„Der Pilger ist in Italia… durch Tra-di-tion und Brauch-tum… ein Mensch… ein Mensch mit spi-ri-tuellem Anstrich… und deutlicher… viel ra-di-kaler… von dem Wanderer zu unterscheiden… dem einfachen Wanderer… als es in Deutschland der Falle ist… Ecco… Hier ist ein Unterschied zu beachten… santo pellegrino… hei-liger Pilger! In Italia wird mit dem Worte ‚hei-lig' ver-schwenderischer umgegangen… wir sind mit diesem Attribut schnell… schnell bei der Hand… Die Pilger aus dem Norden… dem Norden in Germania werden sich möglicher-weise ver-wundern… wenn sie ein villaggio… ein kleines Dorf… eintreten… und sie die Rufe von den viele persone schal-len hören… santi pellegrini… santi pellegrini… überall schallt es! Und sie verwundern sich…, dass sie gemeint sind… sie wissen gar nicht, dass sie santi pellegrini sind, heilige Pilger, sie wissen gar nicht, dass sie heilig sind…" Professore Rosselli ließ ein lautes, sehr ansteckendes Lachen vernehmen, was von der Runde der Bürgermeister dankbar aufgenommen und zu einem dröhnenden Widerhall gesteigert wurde.

Nun gut. Bliebe noch zu erwähnen, wenn man von Stade nach Rom gelangen wolle, müsse man Österreich queren. Die Österreicher gründeten nach vielem Hin und Her schließlich ebenfalls einen Verein, erwiesen sich jedoch als sperrige Partner, freuten sich aber dann, als im Rahmen des späteren Anerkennungsverfahren durch die EU der Bischof-Albert-Weg, die VIA ROMEA zum Europäischen Kulturweg ernannt wurde.

Die Gründungsversammlung war erfolgreich verlaufen, und Bürgermeister Felix Dombrowski zeigte sich zufrieden. Der deutsche Ableger des Vereins war gegründet worden, mit einem Vorsitzenden an der Spitze und den erforderlichen Vorstandsmitgliedern und Beisitzern, von denen er einer war, einschließlich des Schriftführers und des Schatzmeisters. Jederzeit könnten neue Mitglieder für den Vorstand kooptiert werden. Eine sorgfältig ausformulierte Satzung, die mit dem italienischen Partnerverein abgestimmt war und von Professore Rosselli im Detail erläutert wurde, bildete die Voraussetzung für die Anerkennung der Gemeinnützigkeit beim Finanzamt. Das Projekt VIA ROMEA konnte beginnen. Ein großer Bericht mit halbseitigem Foto der Gründungsversammlung erschien in der Main-Post, in dem in leuchtenden Farben das Vorhaben geschildert und nachdrücklich auf die interkulturelle Absicht hingewiesen wurde, die auf die Verständigung der Menschen aller Nationalitäten und Religionen zielt. Der Artikel endete mit einem Aufruf, sich einzubringen und zu beteiligen und einem Zitat von Saint-Exupéry:

„Wir sind alle Pilger, wir wandern auf verschiedenen Wegen zum gemeinsamen Ziel."

Der Bürgermeister sitzt wieder einmal in seinem Lehnsessel in seinem Amtszimmer und blinzelt zu den Butzenscheiben hinüber. Er zupft sich am Ohrläppchen, wischt sich mit dem Finger über den Nasenrücken und drückt die Verbindungstaste zu seiner Sekretärin.

„Sei so gut…"

Nach einigen Minuten erscheint die Sekretärin mit einem Tablett, auf dem sie einen Schoppen Silvaner, dessen Glas vor Kälte beschlagen ist, zusammen mit einem Schälchen Erdnüsse hereinträgt. Der Bürgermeister dankt. Sein Blick ist voller Zuversicht, der seinem wachsenden Vertrauen in die

Zukunft entspricht. Er nippt an dem wohlgeformten Weinglas, lässt die Erfrischung mit Behagen in seinem Inneren Platz greifen und seine Gedanken umherschweifen. Für eine Weile schickt er sie auf die VIA ROMEA, wo sie zu der italienischen Partnerstadt Bibbiena wandern und Professore Rosselli aufsuchen.

Ein verständiger Mann, nach Meinung des Bürgermeisters, zudem von angenehmstem Äußeren, mit Gesichtszügen von einer Zeitlosigkeit, die ihn geeignet erscheinen lassen, portraitiert in jeder Renaissancegalerie ausgestellt zu werden... Wenn da nicht das volle, exakt gescheitelte Haupthaar gewesen wäre. Auch der graue Bart, der Kinn und Wangen umkränzt... Nein... Der Bürgermeister wischt den Gedanken weg... Aber es hieß, Professor Rosselli habe lange bei einem Kunstverlag in London gearbeitet und er habe selbst erzählt, wie jeden Morgen, wenn er die Geschäftsräume betreten habe, herausgepellt wie aus dem Ei, um seinen Arbeitsplatz aufzusuchen, die englischen Kollegen geklatscht und ihm Applaus gespendet hätten. Sein Auftritt verlangte einfach danach. Der Bürgermeister seufzt und nippt erneut an seinem wohlgeformten Glas. Wenn er an sein Rathaus denkt... und an die Reaktionen seiner Mitarbeiter, wenn er es betritt... nun ja... Ochsenfurt ist eben nicht London.

Jetzt heißt es aber, Nägel mit Köpfen zu

machen. Ihm kommt der Partnerschaftsverein als erstes in den Sinn. Eine rührige Truppe. Ohne Zweifel. Schließlich war es der Partnerschaftsverein, der auf seinen Wanderungen in Italien auf Bibbiena gestoßen war, dort überaus freundlich aufgenommen wurde, was zu einer über die Jahre weiterwachsenden Beziehung zwischen den beiden Städten führte, bis sie eine offizielle Partnerschaft eingingen. Bibbiena, eine hübsche Stadt in der Nähe von Forli und Arezzo, mit einem pittoresken Marktplatz und historischem Stadtkern, in der Professore Alessandro Rosselli zu Hause ist. Nüchtern betrachtet, braucht der Professore natürlich auch das Projekt, um Fördermittel für sein Institut zu bekommen. Ob mit der fachlichen Ausrichtung Anthropologie und Ökologie innerhalb der Fakultät auch die kulturellen und spirituellen Aspekte eines Pilgerweg-Projektes hinreichend Berücksichtigung finden können, ist fraglich... Lassen wir es... Auch diesen Gedanken schiebt der Bürgermeister beiseite. Er wird mit dem Partnerschaftsverein reden. Der Partnerschaftsverein muss wandern, und zwar direkt nach Bibbiena.

Der Partnerschaftsverein ist schon längst bereit und geradezu darauf erpicht, den Pilgerweg zu beschreiten. Auf Grund seiner privaten Kontakte wissen seine Mitglieder um die Vorbereitungen auf italienischer Seite, die acht Tagesetappen für die Wanderer planen, die sie durch eine Anzahl von Dörfern und kleineren Städten führen. Übernachtet wird in allen Unterkünften, die bereitstehen, von der einfachsten Turnhalle über klösterlich bescheidene Lager bis hin zu einer noblen Schlossherberge.

Vor allem ein Mensch vom Partnerschaftsverein brennt förmlich darauf, die Pilgerreise anzutreten, denn nichts auf Erden ist ihm angenehmer als das weite und geschwinde Ausschreiten auf Straßen, Wegen und Pfaden, wobei es ihm gleich ist, wohin sie ihn leiten. Der Weg ist das Ziel, so lautet seine Überzeugung. Es ist Helmut Landwegers Wahlspruch, der Weg ist das Ziel, den er über seinen Konfirmationsspruch und noch über die ihm wertvoll gewordenen anthroposophischen Epigramme stellt. Wer sich auf einem Weg befindet, wird auch ein Ziel finden, ist seine feste Überzeugung.

Helmut besteht aus Muskeln, Sehnen, einem roten Halstuch und einem Wanderstecken, der an seinem oberen Ende gekrümmt ist wie ein Bischofsstab und auch gut dessen Länge erreicht. Der Stab stammt von einer Wanderung in Griechenland, ist aus Olivenholz, auch schon einmal entzweigebrochen, aber auf das Kunstfertigste wieder zusammengefügt, und hält allen Belastungen stand. Die Krümmung des Stabes erreicht man, indem man das Holz ausgiebig wässert und anschließend in kleinen Verrückungen eindreht. Auf diese Weise erhält man die Krümme.

Helmut unterhält sich gerne beim Wandern, wobei es ihm weniger um ein munteres Geplauder zu tun ist, als um Gespräche, die sich Sinnfragen aller Art zuwenden. Wie Gott es mit der Welt hält, zum Beispiel, und wie es die Menschen mit dem doch nahezu beständig verborgenen Gott halten, sind Fragen, die ihn umtreiben. Misslich ist indessen, dass diese beiden Vorlieben von Helmut, das Wandern mit schnellem Schritt und das schürfende Gespräch mit dem Nebenmann, nur schwer zu vereinbaren sind. Denn während des langsamen Aufbaus des Gesprächs eilt Helmut, nach Gewohnheit mit stetig schnellerem Gang, voran und hat seinen Gesprächspartner bald abgehängt, was diesen in den Zwiespalt stürzt, entweder in einen atemraubenden Trab zu verfallen, und deshalb seine Rede einzustellen oder seine Gedanken hinter Helmuts entschwindendem Rücken ins Leere zu formulieren. Irgendwie aber scheint es Helmut zumindest für eine Weile zu schaffen, Laufgeschwindigkeit und Unterhaltung mit seinen Mitwanderern zu synchronisieren, denn er berichtet gern und häufig von den zwei Muslimen, die ihn in Norwegen begleitet haben. Dort war er mit einer Gruppe der Pilgrim-Crossing-Borders unterwegs, die sich in den Kopf gesetzt hatte, eines Tages bis nach Jerusalem zu pilgern und erst einmal in Trondheim gestartet war. Jede Reise beginnt mit dem ersten Schritt, heißt es. Die beiden Muslime, die sich der Gruppe angeschlossen hatten, erklärten, sie wollten beim gemeinsamen Wandern das Christentum besser verstehen, und wünschten sich, die Christen würden ihrerseits den Islam näher kennen lernen. Vielleicht fänden sie an ihm doch Gefallen. Das hat Helmut beeindruckt. Helmut wirbt immer dafür, Vertreter verschiedener Religionen einzubinden, um mit ihnen ins Gespräch zu kommen. Der interreligiöse Dialog liegt ihm am Herzen.

III

Der Besuch

Bürgermeister Felix Dombrowski sitzt in seinem Arbeitszimmer an seinem Schreibtisch und sichtet die Unterlagen zur Vorlage, die die Fernwärmeversorgung in einigen Straßenzügen in der Altstadt betreffen. Es geht um die Frage, welche Straßen an das Netz angeschlossen werden sollen und welche ausgeschlossen. Morgen ist Stadtratssitzung, und das Thema ist zum wiederholten Mal auf die Tagesordnung gesetzt worden, ohne dass auch nur die geringste Aussicht bestünde, eine Klärung zu erreichen. Er hätte sich gewünscht, die Verwaltung hätte ihm eine übersichtlichere Fassung als Vorlage erstellt als dieses Bündel von Schriftstücken, deren Hauptzweck es wohl sein wird, Verwirrung und Verdruss zu produzieren. Nun, ihm soll es gleich sein, er käme damit zu Rande, was er von seinen Kollegen im Stadtrat nicht unbedingt behaupten wolle. Missmutig blättert er in den Unterlagen, als es an der Tür klopft. Die Tür wird geöffnet und seine Sekretärin steckt den Kopf ins Zimmer:

„Da sind zwei… zwei… Herren. Sie fragen, ob sie Sie sprechen können… jetzt gleich, sagen sie…, wenn es möglich ist."

Der Bürgermeister blickt auf, dann auf seine Uhr: „Wer… Was wollen sie?"

Die Sekretärin hebt die Augenbrauen, stellt den Kopf schräg und verdreht ein wenig die Augen: „Keine Ahnung… ich hab' sie noch nie gesehen. Einen Termin haben sie nicht… und sie wollen mir nicht sagen, worum es geht."

Der Bürgermeister stutzt. Er erhebt sich von seinem Schreibtisch: „Lass sie herein."

Die Sekretärin öffnet die Tür zur Gänze und bittet die Herren, die im Vorzimmer warten, herein. Die beiden Männer, einer einen halben Kopf größer als der andere, treten nacheinander in das Arbeitszimmer. Es sind junge Männer und sie wirken etwas befangen, neigen zwei-, dreimal zum Gruß ihre Oberkörper in Richtung des Bürgermeisters und legen jeweils ihre rechte Hand auf die Herzgegend. Dabei zeigen sie ein freundliches, doch unsicheres Lächeln.

„Kommen Sie, kommen Sie, treten Sie näher", sagt der Bürgermeister in jovialem Ton, schwenkt den einen Arm in Richtung der Besucherstühle und reicht ihnen die andere Hand zur Begrüßung. Die jungen Männer ergreifen sie nach kurzem Zögern und antworten mit einem eher schwachen Händedruck.

„Nehmen Sie Platz, bitte." Der Bürgermeister wiederholt die einladende Geste mit dem ausgestreckten Arm und setzt sich seinerseits. Er blickt seine Gäste aufmerksam an, steht dann wieder auf, drückt die Verbindungstaste zu seiner Sekretärin. Als sie abhebt sagt er:

„Sei so gut… nein… nein, warte ein Moment." Er wendet sich seinen Besuchern zu und setzt sein verbindlichstes Lächeln auf, wohl wissend um dessen Vergeblichkeit, weshalb es etwas säuerlich gerät: „Ein Gläschen Wein gefällig?"

Die beiden jungen Männer schütteln stumm ihren Kopf. In ihren Blicken mischen sich Ablehnung und Missfallen.

„Ah, ich verstehe", sagt der Bürgermeister, „was darf ich Ihnen zu trinken anbieten? Kaffee, Tee, Wasser…?"

Die jungen Männer gucken sich gegenseitig an, und dann sagt der Größere: „Eine Tasse Tee würde uns sehr erfreuen."

Der Bürgermeister nickt zustimmend, betätigt die Verbindungstaste zu seiner Sekretärin und sagt:

„Sei so gut und bring uns drei Tassen Tee… ja, ja…den Tschai… da muss noch einer sein von dem Besuch der russischen orthodoxen… ja, ja von dem russischen Chor letztes Jahr."

Der Bürgermeister kehrt zu seinem Platz zurück, zupft sich am Ohrläppchen, wischt sich mit dem Finger über den Nasenrücken und beginnt mit wolkenbruchartiger Intensität seine Kenntnisse über den Tee und alles, was mit ihm in Zusammenhang steht, auszubreiten:

„Schon unser Goethe wusste den Tee und seine Eigenschaften zu schätzen. Von ihm ist überliefert, dass er dem Tee den Vorzug gab, wenn er sich für längere Zeit anregen lassen wollte, und Kaffee zum unmittelbaren Aufpulvern…" Der Bürgermeister führt den Gedanken aus, weist aber dann darauf hin, dass zu Goethes Tagen Tee und Kaffee recht kostspielige Getränke waren, weshalb Goethe nur zu gerne auf den Würzburger Steinwein… nein, was er wirklich sagen wolle, sei, dass wir heute im Gegensatz zu früher über eine Unzahl von Teesorten verfügen. Der Überblick falle schwer bei der Menge von Tees in den Anbaugebieten der ganzen Welt… die schwarzen, die grünen, die weißen, die stark fermentierten, die schwach fermentierten, der erste Flush, der zweite usw. usw.... Verwendete Pflanzenteile seien je nach Sorte der Pflanzen Blätter, Knospen, Blüten, Früchte, Stängel, Rinde oder auch Wurzeln. Also letztlich alles. Hier in der Nähe befinde sich das schöne Iphofen mit dem Knauf-Museum, wo vor einiger Zeit eine äußerst interessante Ausstellung über den Teeanbau zu sehen war. Ob die Herren die Ausstellung wohl gesehen hätten?

An dieser Stelle schüttelten die jungen Männer den Kopf.

Nun gut, das sei weiter kein Unglück... im Übrigen sei Iphofen ein Königshof gewesen, was nichts weniger heiße, als dass der König, zu seiner Zeit natürlich, dort Station gemacht und übernachtet habe, wenn er in der Gegend gewesen sei. Also ein Königshof... wissenswert sei auch, dass die Kuwaitis mit Abstand die größten Teetrinker seien, aber schon auf dem zweiten Platz folgen die Iren... also die Bewohner von Irland, meine er, um sich verständlich auszudrücken..., was doch zeige, in welchem Maße der Tee eine völkerverständigende Kraft habe. Eine völkerverbindende, könne man auch sagen. Araber und Europäer seien durch den Genuss des Tees miteinander verbunden. Hier seien Gemeinsamkeiten am Werk... Der Bürgermeister lächelt verbindlich. Er persönlich ziehe den russischen Tschai vor...

„Ah, da kommt er ja", ist die letzte Bemerkung des Bürgermeisters, als die Sekretärin mit einem Tablett erscheint, auf dem drei Tassen duftenden Tees stehen, ein Kännchen mit Milch und eine Zuckerdose. Als die Sekretärin wieder gegangen ist, greift jeder der drei nach einer Tasse, versorgt sich mit Zuckerstücken nach Belieben und einem Schuss Milch und nimmt mit spitzen Lippen vorsichtig einen Schluck von dem heißen Getränk. Sie stellen die Tassen behutsam ab, und für einige Augenblicke tritt Stille ein.

„Nun, meine Herren, Sie sind bisher stumm geblieben. Was führt Sie zu mir? Erzählen Sie", fordert der Bürgermeister seine Gäste auf und blickt aufmunternd auf sie.

Es ist wieder der Größere der beiden, der sich zuerst mit dem Oberkörper leicht nach vorne beugt, dabei den Kopf grüßend neigt und dann das Wort ergreift:

„Salam, Herr Bürgermeister, wir danken Ihnen. Sie sind herzensgut. Ich bin Farid und mein Freund hier ist Walid. Wir sind Muslime. Muslim heißt auf Arabisch ‚Ergebene'. Wir sind Gottergebene. Allah ergeben." Farid macht eine kurze Pause, dann eine unbestimmte Geste, die als Überleitung dient. „Wir sind Pilger." Farid macht erneut eine Pause und sieht den Bürgermeister mit ernstem Ausdruck an. „Wir sind alle Pilger im großen Sinn... Aber wir sind Pilger auch im Sinn, dass wir über lange Wege gehen... Über lange Wege... Unser Ziel ist ein langer Weg... Wir haben mit Helmut gesprochen... Helmut ist auch ein Pilger... Helmut will mit anderen Pilgern nach Rom pilgern... Wir wollen mit ihnen gehen... Wir wollen von ihnen lernen... und ihren Gott besser verstehen... Und Helmut will den Islam verstehen... Das erfüllt uns mit großer Freude... Vielleicht wollen die anderen Pilger auch den Islam verstehen... Wir sind alle Gottes Geschöpfe..."

Der Bürgermeister hat aufmerksam zugehört und immer wieder während der langsam vorgetragenen Rede des frommen Mannes verständnisvoll genickt.

„Nun", sagte er, „eine derartige Aussage möchte ich nicht in Abrede stellen, ich meine die, dass wir alle Gottes Kinder sind, ihr sei im Gegenteil nur voll und ganz zuzustimmen. Aber ich will zu bedenken geben, dass der Pilgerweg nach Rom führt. In Rom aber", der Bürgermeister räusperte sich, „in Rom aber... in Rom ist der Papst."

Farid blickt den Bürgermeister aus großen dunklen Augen ruhig an: „Wir wissen, der Weg heißt Via Romea. Wir sind alle Kinder Allahs. Der Papst ist auch ein Kind Allahs. Wenn Allah will, dass der

Papst in Rom ist, dann ist der Papst in Rom."

Der Bürgermeister blinzelt kurz und schluckt einmal. Er hätte es anders ausgedrückt, alle Achtung, nicht schlecht, denkt er sich, in der Tat hätte er es anders ausgedrückt, um zu erklären, weshalb der Papst in Rom weilt. Andererseits will er die Aussage, dass die Anwesenheit des Papstes in Rom letztlich auf den Willen Allahs zurückgehe, nicht in Bausch und Bogen verdammen. Der Papst wird doch wohl hoffentlich ein Kind Gottes sein und in seinem Namen dort residieren.

„Also gut", sagt der Bürgermeister, „dann steht Ihrer Absicht, sich den Pilgern anzuschließen, nichts im Wege. Allerdings bezweifele ich, dass es direkt nach Rom geht. Die Wanderer starten an verschiedenen Orten. Ich denke, darüber weiß Helmut Landweger am besten Bescheid. Wenden Sie sich an ihn mit all Ihren Fragen. Sie sagten, Sie kennen ihn, setzen Sie sich also mit ihm in Verbindung. Meinen Segen haben Sie…äh… das ist so eine Redewendung bei uns. Ich will sagen, tun Sie das, was Sie vorhaben. Ich wünsche Ihnen viel Glück dabei." Der Bürgermeister zögert, weil er sieht, dass die beiden jungen Männer keine Anstalten machen, das Gespräch zu beenden. „Kann ich sonst noch etwas für Sie tun?", fragt er.

Farid, der bisher geredet hat, ergreift erneut das Wort: „Sie sind herzensgut, Herr Bürgermeister... Wir danken Ihnen... Wir haben noch einen Wunsch, eine Bitte... Einen Wunsch, der uns sehr am Herzen liegt. Einen Wunsch, der auch Sie sehr glücklich machen wird... Und wir hoffen, dass Sie ihn mit Hilfe Allahs erfüllen."

Farid macht eine Pause und blickt den Bürgermeister in feierlichem Ernst an, sagt aber nichts und wartet auf ein Zeichen von ihm. Walid sagt auch nichts und scheint ebenfalls zu warten. Also ein Zeichen. Der Bürgermeister lehnt sich in seinem Stuhl zurück, räuspert sich und hebt die Hände, halb in Abwehr, halb in der Geste des sich Ergebens. „Wenn es in meiner Macht steht, liebe Freunde, will ich gerne behilflich sein. Am besten ist es, wenn Sie geradeheraus sagen, was Sie wollen, und dann sehen wir, was sich machen lässt..." Er lacht aufmunternd, wobei er die Hände zusammenfaltet und erwartungsvoll die beiden anguckt.

Farid zeigt jetzt ein einschmeichelndes Lächeln und beginnt mit weicher Stimme: „Unser größter Wunsch ist es, wenn eine Stadt sich zu Allah begibt... Wenn eine Stadt zum Islam kommt... Eine Stadt kann zum Islam kommen, wenn der Bürgermeister Muslim wird. Wenn der Bürgermeister Muslim wird... die Stadt kann dann folgen... Aber erst muss der Bürgermeister sich zu Allah begeben... Dem Bürgermeister wird eine große Last von den Schultern genommen... er wird sich glücklich fühlen und sehr dankbar sein... Der Pilgerweg Via Romea führt von Norden vorbei an achtundzwanzig Städten bis zum Süden... Die Städte sind eine Reihe von Perlen... eine schöner als die andere... eine der Perlen soll ein Geschenk sein... ein Geschenk an Allah... Sie können großen Ruhm und Verdienst haben, wenn Sie als erster Bürgermeister sich Allah beugen... großen Ruhm, wenn Sie Allah eine Perle schenken..."

Der Bürgermeister hat in seiner langen Amtszeit viele merkwürdige und kuriose Anliegen und Bitten zu hören bekommen, aber noch niemals ein Ansinnen dieser Art und dieses Umfangs. „Beim Barte des Propheten", dachte er, sich seiner Karl-May-Lektüre aus Jugendtagen erinnernd und sich unwillkürlich am Kinn reibend, „wenn ich das meinen Bürgermeisterkollegen erzähle, dass man mich und meine Stadt zu Muslimen machen wolle..." Doch Bürgermeister Felix Dombrowski ist kein Mann, der sich leicht beeindrucken lässt oder schnell aus dem Gleichgewicht gerät. Seine Miene, die während der Rede zwischen Erstaunen und Amüsiertheit hin und her geschwenkt ist, verrät nun Entschlossenheit, den beiden Bittstellern die rechte Antwort zukommen zu lassen.

„Liebe Freunde", beginnt er behutsam, „es ist eine große Ehre für mich, wenn eine solche Bitte… die Bitte, Muslim zu werden… an mich herangetragen wird. Eine große Ehre – ohne jeden Zweifel. Und ich würde dieser Bitte mit Freuden nachkommen, wenn da… ja, wenn da nicht zwei, drei Hindernisse bestünden… wenn da nicht zwei, drei Gründe dagegen sprächen…" Der Bürgermeister lehnt sich in seinen Stuhl zurück und überlegt kurz und fährt dann fort. „Als Napoleon im Jahr 1798 sein Expeditionskorps nach Ägypten führte, wollte er die Ägypter für sich gewinnen und kleidete sich in Pluderhosen und Turban. Die Muslime glaubten daraufhin, er sei nun einer der ihren, und wollten, dass er dem Islam beitrete. Nun bin ich nicht Napoleon", der Bürgermeister lächelt zustimmend, „und wir befinden uns nicht in Ägypten, sondern in einer fränkischen Stadt. Aber ich gebe Ihnen das zur Antwort, was Napoleon dereinst der muslimischen Delegation zur Antwort gegeben hat… Gegen einen Übertritt zum Islam spräche als erstes die Sitte der Beschneidung…"

Die beiden jungen Männer springen fast von ihren Stühlen und wollen sagen, dass… Aber der Bürgermeister duldet jetzt keine Zwischenrufe und sagt nur kurz: „Ich weiß, ich weiß." Dann fährt er fort: „Die Sitte der Beschneidung… Ich will weder mir noch meinen Mitbürgern zumuten, sich beschneiden zu lassen… Aber dieses Hindernis ist ein geringes gegen das zweite, das da im Wege steht, um dem Islam beizutreten. Wir sind hier eine Weingegend. Wir sind, ich möchte sagen, fast von Kindesbeinen an daran gewöhnt, unseren guten Wein zu trinken. Vitis Ianua Vitae, das ist Latein und heißt, der Rebstock ist die Pforte zum Leben. So leben wir hier, und ich will weder mir noch meinen Mitbürgerinnen und Mitbürgern zumuten, auf den Wein zu verzichten. Bei uns wurde Wein angebaut, lange bevor der Prophet Mohammed geboren wurde. Aber dieses Hindernis ist wiederum ein geringes gegen das dritte, das einem Islambeitritt im Wege steht. Napoleon hat dieses dritte Hindernis damals in Ägypten nicht ausgesprochen, aber gedacht hat er es. Ich denke es und spreche es auch aus: Wir haben unsere eigene Kirche und unsere eigene Religion. Wir haben eine zweitausend Jahre alte Tradition. Und wenn auch Manches, oder wie andere sagen, vielleicht Vieles, an der Kirche zu bemängeln ist, so ist sie doch unsere Kirche und unsere Religion, und wir sind nicht geneigt, sie gegen eine andere einzutauschen." Der Bürgermeister erhebt sich von seinem Stuhl: „Und nun entschuldigen Sie mich bitte. Ich habe zu tun."

IV

Auf der Via Romea

Helmut schritt weitausgreifend die Straße entlang, die sich in zahlreichen Windungen in die ockerfarbene, staubige Landschaft erstreckte. Die Zipfelenden seines roten Halstuchs flatterten im leichten Wind, denn sie waren noch nicht ausreichend schweißgetränkt, um an seinem sehnigen Hals festzukleben. Der Wanderstab scharrte bei jedem Aufsetzen, und Helmut stak ihn voller Ungeduld in den Boden. Es hatte erneut viel Zeit beansprucht, bis die Pilger alle in ihre Wanderschuhe gekommen und bereit zum Abmarsch waren. …Trödeln ist des Pilgers liebste Pflicht… Die Nacht war höchst unangenehm gewesen. Sie hatten zu fünft in dem kleinen Zimmer genächtigt, und dummerweise konnte er seine Ohrstöpsel nicht finden, was ihm großes Unbehagen bereitete. Die meisten schnarchten in ungehöriger Lautstärke, was zum Teil am Alter seiner Pilgerkameraden, zum Teil an dem Wein gelegen haben mag, den sie in Mengen getrunken hatten.

Im Bett direkt neben ihm schnarchte sich Gerhard durch die Nacht, dem das ganze Getöse im Raum wenig ausmachte, denn er hörte schwer und entledigte sich seines Hörapparates vor dem Schlafengehen. Auf diese Art nahezu taub gestellt, hatte er jegliches Gefühl für Geräusche verloren, die er selbst verursachte, zum Beispiel wenn er wiederholt nach der Plastikflasche neben seinem Bett griff, um seinen durch das Schnarchen ausgetrockneten Mund mit Wasser zu spülen und zu trinken. Dabei langte er mit kräftigem Griff nach der Flasche, drückte sie und knetete sie beim Trinken, was ein heftiges Knattern hervorrief. Normalerweise hätte Helmut auch zu den beinah Tauben gezählt, wenn er nur seine Ohrstöpsel hätte finden können. In diesem Fall wäre er ein weiterer Schnarcher im Chor der Schnarcher. Man bescheinigte ihm, auf diesem Feld Großes zu leisten, was wohl mit seinem lädierten Gaumensegel zu erklären war.

Helmut schritt kräftig aus. Zu allem Überfluss setzte ihm ein kleiner Wicht zu, der ihm knapp bis zur Schulter reichte und seit einer Weile mit tänzelnden Zwischenschritten versuchte, mit ihm mitzuhalten. Carlos ist sein Name, wobei kein Mensch weiß, weshalb er Carlos heißt, aber er heißt so, ein Pilger mit unermesslicher Erfahrung und spitzer, vorlauter Zunge, der zwei Etappen zuvor zu ihnen gestoßen war und sich mit Eifer an Gesprächen über Gott und die Welt beteiligte.

„Helmut, hör zu, wir hatten gestern nicht die Gelegenheit, unseren Disput zu Ende zu bringen… ganz im Gegenteil… waren wir doch in den ersten Anfängen stecken geblieben… wobei stecken geblieben nicht ganz korrekt den Sachverhalt wiedergibt, denn du bist davon geeilt…" Carlos musste zwei Zwischenschritte machen, um zu Helmut aufzuschließen. „Wir waren gestern gerade bei der Frage stehen geblieben… wobei stehen geblieben auch wieder falsch ist. Niemand ist stehen geblieben, am wenigsten du… wir erörterten also die Frage, ob Gott ein Produkt des menschlichen Verstandes ist oder ob er für sich existiert."

Unwirsch warf Helmut den Satz zur Seite, an der er Carlos vermutete: „Du sagtest, Gott existiere nicht. Worüber soll man dann diskutieren? Du sagst ‚nein', und ich sage ‚ja'."

„Nein, nein, das sagte ich nicht. Ich sagte nicht, dass Gott nicht existieren würde. Das sagte ich nicht. Ich stellte vielmehr eine Frage… nämlich, ob Gott eine Erfindung des menschlichen Geistes sei… und dann… falls er das sein sollte… was daran so schlimm wäre…?"

Helmut brummte irgendetwas Unverständliches. Carlos hatte mit zwei Trippelschritten wieder Anschluss an Helmut gefunden. „Nehmen wir zum Beispiel deinen Wanderstab… den herrlichen

Wanderstab aus Olivenholz mit der eindrucksvollen Krümme… wer hat diesen Stab gemacht? Hat Gott ihn gemacht oder du? Wer hat ihn sorgfältig eingewässert und mit kleinen Verrückungen so schön eingedreht und ihn bischöflich gekrümmt? Sag schon…"

„Das ist mein Stab. Natürlich habe ich ihn gemacht… aber Gott hat mich ihn machen lassen."

„Gut, gut… du hast ihn gemacht… und Gott hat ihn… nun gut", Carlos zögerte kurz in seiner Rede, aber nicht in seinem Gang. „Schauen wir weiter… nehmen wir ein beliebiges Gesetz der Regierung… nehmen wir zum Beispiel das Berufsbildungsergänzungsgesetz… wer macht ein derartiges Gesetz?"

„Du hast doch gesagt, dass es ein Gesetz der Regierung ist… also hat es die Regierung gemacht."

„Nun ja, so wird es sein… sieh mal dahinten die große Straße", Carlos deutete in die Ferne, wo die Schnellstraße verlief, und sprang ein, zwei Schritte, um den Abstand zu Helmut zu verkürzen. „Du siehst all die Autos, die da fahren… wer hat die Autos gemacht? Was denkst du? Hat Gott sie gemacht oder sind sie in einer Fabrik hergestellt worden?"

„Was soll ich da denken… zweifellos werden die Autos in Fabriken hergestellt, und in diesem Fall hege ich sogar Zweifel, ob das wirklich mit Gottes Zustimmung geschieht."

„Eben, eben… worauf ich hinaus will, lieber Helmut, ist, dass all die Dinge funktionieren, obwohl oder weil sie von Menschen gemacht wurden… deinen Wanderstab hast du gemacht, die Regierung erlässt die Gesetze, und die Autos werden in Fabriken gefertigt… das alles wird von den Menschen gemacht… nun nimm doch mal an, Gott ist auch von den Menschen gemacht worden… nimm es einfach mal nur an… würde er dann nicht genauso gut funktionieren, als wenn es ihn unabhängig von den Menschen geben würde? Wo ist denn da der Unterschied?"

Helmut blieb abrupt stehen, und Carlos, der dicht hinter ihm eilig her trippelte, prallte beinah auf ihn. Wenn Helmut während einer Wanderung stehen blieb, was selten genug geschah, lag ein außerordentlicher Grund vor, denn er blieb nicht einfach so stehen. In diesem Fall waren es die Nerven, die ihm den Hals dick werden ließen.

„Du Tropf", sagte er, „was wir Menschen machen, mag funktionieren, aber es funktioniert doch in erster Linie, weil wir es kennen. Gott kennen wir nicht, also kann er auch nicht funktionieren

– Gott, was für ein dämlicher Ausdruck! ‚Funktionieren'… Gott ist das Unbekannte, das Unbegreifliche… alles, was wir nicht verstehen… wir verstehen das Universum nicht… nur Gott versteht das Universum… er ist das Universum… Gott ist das Universum."

Helmut stieß seinen Stecken mit Kraft auf den Boden, so voller Ungestüm und heiligen Zorns, dass es nicht wundernähme, wenn an dieser Stelle eine Quelle zu sprudeln begänne, was aber nicht geschah, weil dergleichen nur einmal im Lauf der Heilsgeschichte geschieht. Und ging mit beschleunigtem Schritt weiter.

„Dann wird Gott jeden Tag kleiner", rief Carlos ihm hinterher und begann zu traben, um in Hörweite zu bleiben. „Das Wissen der Menschen nimmt jeden Tag an Menge zu. Das Unbekannte wird jeden Tag weniger. Wird Gott immer weniger? Nimmt Gott ab?"

Da blieb Helmut zum zweiten Mal stehen, wandte sich um, ging gar einen Schritt zurück, was auf höchste Erregung schließen ließ, und rief: „Das Unbekannte ist so unermesslich groß, dass es gar nicht abnehmen kann. Das Unbekannte ist so unermesslich groß, dass Gott in ihm zwei- oder dreimal Platz hätte." Und dann lief er los. Uneinholbar. Carlos blieb stehen und geriet ins Staunen.

V

Die schöne Bürgermeisterin

Wir alle kennen Bürgermeister, wir alle kennen Bürgermeister vom Augenschein her. Der eine hat eine größere Anzahl von Bürgermeistern gesehen und der andere mag weniger von ihnen erlebt haben. Es verhält sich mit den Bürgermeistern in der Regel ebenso wie mit anderen Erscheinungen dieser Welt – sie werden in unterschiedlichem Maße und in unterschiedlicher Menge von Einzelnen wahrgenommen, aber über ihr Vorhandensein besteht nicht der geringste Zweifel.

Manche haben während der Wanderung auf der Via Romea mehr Bürgermeister gesehen als in ihrem gesamten bisherigen Leben. Sie haben diese Erfahrung der Fülle an Bürgermeistern dem Umstand zu verdanken, dass jedes Städtchen, jedes Dorf, ja sogar jeder Weiler es sich nicht nehmen lässt, die ankommenden Pilger mit allen Ehren und allem Pomp zu begrüßen. Es gab Tage, an denen sie in drei, sogar vier Ortschaften hintereinander auf das Aufwändigste begrüßt wurden, was aber auch hieß, der Herzlichkeit, dem Überschwang und dem Wein, dem Schinken, dem Käse und den Reden des Empfangs drei- oder sogar viermal standzuhalten.

Pilger erfreuen sich in weiten Teilen Italiens, insbesondere auf dem Lande, hoher Wertschätzung und werden leicht in den Stand verklärter Wesen erhoben. In den Regionen, die wir durchquerten, waren seit Menschengedenken keine Pilger mehr gesichtet worden, so dass die Erwartungen hoch waren. Näherten wir uns einem Dorf, bogen in die Hauptstraße ein, so ließ sich schon gleich Stimmengewirr und Festlärm vernehmen. Die Einwohner hießen uns tosend willkommen, drückten uns als Erstes wohl gefüllte Weingläser in die Hand, riefen: „Salute, salute, santi pellegrini!"

Da war wenig zu machen. Das erste Glas Rotwein einer Reihe von vielen, die da folgten, musste zur Begrüßung geleert werden. „Salute!" Man hatte Tische aufgebaut, auf denen Platten mit Schinken, Käse, belegten Broten, Pasteten aus Nudelteig, Oliven, Tomaten und anderen pilgergefälligen Köstlichkeiten dargeboten waren. „Spuntino" nennen sie in Italien einen Imbiss dieser Art, kleine appetitliche Happen, wird gerne mit „Snack" übersetzt, wir aber feierten in Wirklichkeit Gelage, ausufernde Gelage.

Falls die Gemeinde über eine Musikkapelle gebot, spielte diese ein schmetterndes Stück, unter lautem Jubel von allen beklatscht, womit angekündigt wurde, der Bürgermeister sei nun für eine Rede bereit. In den größeren Gemeinden fand die Rede des Bürgermeisters, der, geschmückt mit einer Schärpe in den italienischen Farben quer über die Brust, sehr offiziell wirkte, im Rathaussaal statt. Der ermüdete Pilger nimmt das gerne zum Anlass, sich auf einem Stuhl niederzulassen, um sich ein wenig auszuruhen. In den kleineren Gemeinden erfolgte die Rede des Bürgermeisters ohne dessen Schärpe und auch ohne Stuhl für den Pilger.

Wenn wir die Augen schließen und versuchen, uns einen beliebigen Bürgermeister vorzustellen, entsteht in der Regel ein Bild von einem Mann, von einem meist grauhaarigen Mann, somit einem Mann in höheren Jahren, oft schütteren Haarwuchses, aber robuster Erscheinung. Zuweilen deuten kleine schräge Fältchen in den Augenwinkeln auf Schläue und Gewitztheit hin, Eigenschaften, die die Führung des Amtes erleichtern, oder tiefe dunkle Schatten unter den Augen verraten die Anstrengungen und Belastungen. Dabei weist uns unsere innere Stimme sofort zurecht, einen Bürgermeister nicht vom Äußeren her zu beurteilen, sondern nur nach seinem Geschick, das er zum Wohl seiner Gemeinde zu entfalten in der Lage ist.

Einem Bürgermeister wünscht man alle Tugenden und Talente dieser Welt, aber nie wäre man auf die Idee gekommen, dass ein Bürgermeister schön sein kann. Und doch existiert so ein Wesen – allerdings als Bürgermeisterin. Es gibt sie, die schöne Bürgermeisterin. Am Wegesrande der Via Romea, dort wo sich die Romagna mit der Toscana trifft, zwischen Ravenna und Arezzo, südlich von Forli, in der Gegend von Ronco, Meldola und Civitella, dort bei Santa Sofia, aber noch nördlich von Bagno di Romagna, Corezzo und Rimbocchi, dort hinter den sieben Collini, dort steht die schöne Bürgermeisterin einer kleinen Gemeinde vor und ist eine Zierde für die gesamte Region.

Wir wurden ihrer das erste Mal ansichtig, als wir uns unter großen Mühen einen überaus steilen Serpentinenweg hochschleppten, der von der Ortschaft in die Höhe führte, und an dessen Ende uns ein beachtenswerter Kirchbau erwartete. Das Gemäuer, mit einigen verwitterten und verblassten Fresken innen ausgestattet, deren Darstellungen, vom Schimmel befallen, nur schemenhaft zu erkennen sind, stammt aus dem 13. oder 14. oder sogar 12. Jahrhundert. Alles Genauere über dies bedauernswerte bauliche Relikt vergangener Zeiten wissen die Mitglieder der sogenannten Kulturgruppe, die sich vor einiger Zeit nahezu unbemerkt von den anderen zusammengeschlossen haben. Der Kern der Kulturgruppe besteht aus drei Frauen, mit im

Prinzip sehr fidelem Wesen, aber eingeschränktem körperlichen Bewegungsspielraum. Hilda, klein, zäh und von unerschöpflicher Energie, kämpft mit Arthrose im linken Kniegelenk, die ihr das Wandern schwer werden lässt. Vroni hingegen, hoch aufgeschossen, leidet unter dem Trochanter-Major-Schmerzsyndrom, das von einer Erkrankung der seitlichen Hüfte herrührt und das ihr ebenfalls das Laufen verleidet. Die Dritte im Bunde ist Laura, bei der eine Blockade des Kreuzbein-Darmbein-Gelenks diagnostiziert wurde, was sie für längere Wanderungen verständlicherweise disqualifiziert.

Die drei Frauen erkannten nach und nach ihre Situation, zogen ihre Schlüsse, wollten aber nur wegen ihres Handicaps nicht auf die Teilnahme an der Pilgerreise verzichten und begleiteten die Wanderer im Auto. Jeden Morgen nach dem Frühstück stiegen sie in das Auto und suchten sorgfältig im Kunstführer ausgewählte Orte auf, die versprachen, mit außergewöhnlich reizvollen Basiliken, Klöstern, Kathedralen und anderen kulturhistorischen Kostbarkeiten aufzuwarten. Im Mittelpunkt ihres Interesses stehen alte Gemäuer und Kirchen. Sie hegen eine ausgesprochene Vorliebe, ja Leidenschaft für Kirchen und alte Gemäuer und Fresken. Wenn Pausen zwischen der Besichtigung zweier Kirchgemäuer entstanden, die länger als zwei Stunden andauerten, zeigten sie deutliche Symptome und halluzinierten Kirchtürme am Horizont herbei, die sich als Phantastereien oder als Strommasten entpuppten.

Bei Fresken gilt für die Kulturgruppe die Regel, sie müssen unbedingt alt sein, zerfressen von Schwamm und Pilz bis zur Unkenntlichkeit. Fresken, die gelegentlich an den Fassaden renovierter Bauernhäuser auftauchen, im Detail pinselstrichgenau zu erkennen sind, und einen frohen Landmann in reger Tätigkeit zeigen, ignorieren sie. Nur bei vom Zahn der Zeit fast völlig zersetzten Fresken im Inneren der Kirchen steigt ihr Interesse bis zum Siedepunkt, und man versteht vor lauter Ahs und Ohs sein eigenes Wort nicht mehr. Sie besuchten fernerhin architektonische Ensembles wie Orvieto, die Stadt der Keramik, die hoch oben auf einem Tuffsteinfelsen thront, etruskischen Ursprungs ist und im Kunstführer ob seiner einzigartigen Lage und seines historischen Stadtkerns mit der Höchstzahl an Sternen ausgezeichnet wird.

Die Frage, wie sie denn den steilen Anstieg auf den Tuffsteinfelsen meisterten und dort das unebene Pflaster bewältigten, wurde nicht laut, zumal Hilda, die energiegeladene Autoführerin, sich jederzeit bereit zeigte, erschöpfte Wanderer, die nicht mehr weiterkonnten, aufzusammeln und zu dem jeweiligen Tagesziel zu bringen. Allerdings war der Verdacht nicht ganz von der Hand zu weisen, dass Hilda und in gleichem Maße Vroni und Laura in jedem entkräfteten Wanderer, der gleichzeitig über

Schmerzen in den Gelenken klagte, ein potenzielles Mitglied in der Kulturgruppe sahen und sich deshalb sehr intensiv über dessen Zustand erkundigten. Der Verdacht schwärte in manchen Köpfen, die Kulturgruppe wolle die Siechen und Ausgezehrten zu sich herüberziehen, um ihre Rolle in der gesamten Gruppe zu stärken und den bloßen Pilgern ein Gegengewicht zu bieten. Wie immer es sich verhielt, unbestritten ist die stetig wachsende Attraktivität der Kulturgruppe und ihrer Unternehmungen. Die Pilger mühten sich Tag um Tag auf ihren Strecken, die Kulturgruppe hingegen fuhr Besichtigungstouren.

Wie erwähnt, schleppten wir uns den steilen Serpentinenweg zu dem beachtenswerten Kirchbau empor, den aufzusuchen uns die Kulturgruppe ans Herz gelegt hatte – womit ein Beispiel gegeben ist, inwieweit die Kulturgruppe schon auf unsere Wanderziele Einfluss genommen hatte…

Auf einmal war sie da. Keiner wusste zu sagen, wie sie dorthin gekommen war, und keiner wusste zu sagen, wer sie sei. Sie bewegte sich mit grazilem Schritt vor uns, neben uns und hinter uns und führte von anmutigen, aber sehr bestimmten Gesten begleitet ein unaufschiebbares Telefonat nach dem anderen. Während wir nach vielen Kilometern angestrengtesten Fußmarsches schweren Schrittes zu der verfallenen Kapelle tappten, sprang sie leichtfüßig umher und war sich nicht zuletzt wegen ihrer laut geführten Telefonate der Aufmerksamkeit aller sicher.

Man fragte sich natürlich, wer diese Dame sei, die da mitten unter uns aufgetaucht war und telefonierend umhertänzelte. Sie trug eine fein gewirkte weiße Bluse mit V-Ausschnitt, nicht gerade blickdicht, was aber bei Wirkware, wo der Faden übereinanderstehende Maschen bildet, durchaus üblich sein kann. Eine cremefarbige Chinohose in Körperbindung ließ weitere Vorzüge ihrer Figur zur Geltung kommen. Plötzlich verbreitete sich die Nachricht wie ein Lauffeuer: das ist die Bürgermeisterin der kleinen Gemeinde, bei der wir nach Besichtigung der Kapelle zu einem Spuntino eingeladen waren.

Wir wollten es nicht glauben, dass dieses Geschöpf eine Bürgermeisterin sein solle, zumal gut die Hälfte von uns Pilgern – von den männlichen Pilgern - darauf Stein und Bein schwor, dass die schöne Dame ihnen während der Telefonate zugeblinzelt habe. Schwer atmend bei der Kapelle angekommen, versammelten wir uns auf deren Vorplatz, und Signorina Gabriella – dass sie unverheiratet war, machte aus unerfindlichen Gründen sogleich die Runde – begrüßte uns mit einer Rede. Sie warf ihren prächtigen, kastanienfarbigen Haarschopf mal zur einen, mal zur anderen Seite, strich sich widerspenstige Strähnen voller Anmut aus der Stirn und hieß uns in einem Italienisch von unvergleichlicher Melodik und unwiderstehlichem Schmelz willkommen. Jeder Satz musste übersetzt werden, so dass wir Zeit gewannen, das Bild der Bürgermeisterin in uns aufzunehmen. Nach der Begrüßung betraten wir das schummrige Gemäuer, wo die Lichtverhältnisse etwas kümmerlich gerieten. Sie aber schuf Abhilfe, ließ zwei Strahler aufflammen, in und zwischen deren Schein sie sich vorteilhaft zu bewegen wusste, während sie die Bedeutung der schemenhaften Fresken an den Wänden erläuterte. Wir gewannen einen stetig stärkeren Eindruck von ihr, zumal die schon erwähnte gewirkte weiße Bluse die Leuchtkraft der Strahler nicht vollständig abhalten konnte. Auch hier gewährte uns die Übersetzung die notwendige Spanne an Zeit, um den Eindruck zu vertiefen.

Später dann des Mittags beim ausladenden Gastmahl in einem von Bäumen eingerahmten, mit flirrendem Licht angefüllten Garten saßen wir an langen Tischen zusammen mit unseren italienischen Freunden und Gastgebern. Das Gastmahl hieß auch hier wieder irreführend, weil verniedlichend „Spuntino", wurde von einer Trattoria ausgerichtet und war der Slow-Food–Bewegung verpflichtet, die einige Jahre zuvor im Piemont ihren Ursprung genommen hatte. Buono, pulito e giusto – gut, sauber und fair. Wenn ein Element fehle, sei es nicht Slow Food. Es fehlte kein Element. Das Weintrinken bei höchstem Sonnenstand war uns mittlerweile zur lieben Pilgerübung geworden, so dass die Stimmung ausgelassen wurde und die Zungen sich lösten. Wir fragten die schöne Bürgermeisterin, welche Partei sie vertrete, und zu unserer großen Befriedigung nannte sie eine Partei, die nicht dem Berlusconilager zuzurechnen ist.

So saßen wir an den Tischen und tafelten nach Herzenslust, bissen in Schinken und Salami, saugten an den Tomaten, tunkten das Brot in das gewürzte Öl und erhoben die Gläser auf das Wohl aller, als sich am äußersten Rand, am letzten Tisch etwas zusammenzubrauen schien. An dem äußersten Tisch saß eine Gruppe Italiener, die offensichtlich mit der Gemeinde zu tun hatten. Es schienen Gemeindearbeiter zu sein. Schwere, derbe Männer, vergleichbar den unsrigen im Bauhof. Heilige Maria und Josef, die Armen mussten etwas falsch gemacht haben. Die schöne Bürgermeisterin fuhr über sie mit einem Strafgericht von biblischer Strenge. Sie gestikulierte, dass einem Angst wurde, und schüttete ihren Zorn auf die gesenkten Häupter der zusammengesunkenen Männer. Das erinnerte an ein Sommergewitter mit Blitz und Donner, wenn auch nicht der Dauer nach, so doch in der Heftigkeit. Wir konnten es nicht glauben, wie die schöne Bürgermeisterin aus dem Nichts heraus im Zorn aufwallte, zumal gut die Hälfte von uns männlichen Pilgern schwören konnte, dass sie uns gerade eben noch zugeblinzelt hatte.

Wir machten uns schließlich auf den Weg, denn noch lag eine gehörige Strecke vor uns, und ein weiterer Empfang in einem Rathaus mit einem Bürgermeister der hergebrachten Art mit der Schärpe um Brust und Bauch erwartete uns.

VI

Der Sängerkrieg

Am Abend in unserem Quartier nach dem Essen spitzte sich die Lage jedoch wieder zu. Der Raum ist niedrig und dampft von den erhitzten Leibern. Die Weinflaschen kreisen, um der Hitze Herr zu werden, was aber eher den gegenteiligen Effekt hervorruft und den Schweiß treibt. Die Türen öffnen sich und schließen sich, und der Raum füllt sich mit Italienern, die uns zum Teil schon bekannt waren und auch mit neu Hinzukommenden. Die Lage ist unübersichtlich. Bürgermeister aus den verschiedenen Gemeinden, die wir im Lauf der letzten Tage als Pilger aufgesucht haben, sind ebenfalls anwesend. Einer bringt einen Korb mit Kirschen aus seinem Garten mit, die er uns anderen Tags versprochen hat. Er hat auch seine Frau und sein Kind mitgebracht, das mit großen Augen dem Tosen der Pilger zusieht.

Auch Bürgermeister Felix Dombrowski ist angereist und will ab morgen die nächsten Etappen mitwandern. Jetzt aber sitzt er mit dem Weinglas in der Hand inmitten eines rotgesichtigen Haufens und versucht, sich Gehör zu verschaffen – nein, er versucht nicht, sich Gehör zu verschaffen, er verschafft sich Gehör. Er sagt, er sei der Meinung, wir hätten gegessen, wir hätten getrunken, wir hätten Reden gehalten, nun sei es an der Zeit für unsere Gastgeber, ein kleines Ständchen zum Besten zu geben. Unbeschreiblicher Jubel brandet auf. Ach ja, die schöne Bürgermeisterin ist auch anwesend. Sie schaut ein wenig betreten angesichts des allgemeinen Tobens.

Wir haben als Flaggschiff, wenn man einmal diesen Begriff aus dem maritimen Bereich auf unsere Schar übertragen darf, Ludwig. Ludwig ist vielseitig musisch tätig und leitet ein Quartett, das der klassischen Musik verpflichtet ist, wenn es nicht seine eigenen Kompositionen spielt. Ludwig hat zum Erstaunen der meisten sein Instrument mitgebracht und beginnt nach umständlichem Auspacken und entschlossenem Atemholen mit einem furiosen Solo, das über eine ganze Folge zwitschernder Tremolos gebietet.

Die Leinen sind los. Gemeinsam stürzt man sich in die Fluten des bald unbeherrschbaren Notenmeeres. Aber noch hat Ludwig mit seinem Instrument die Oberhand. Man munkelt, es sei eine Oboe, ein Instrument, das nicht nur auf die Italiener starken Eindruck macht. Einige vom Wein Gezeichnete beharren darauf, es handele sich um ein Fagott. Andere wollen eine Klarinette erkennen. Trompete wird von allen einhellig verworfen und als geradezu lächerlicher Gedanke abgetan. Na gut, Trompete sollte ein Witz gewesen sein. Als Ludwig geendet hat, antworten die Italiener mit einem „cantare, volare…ohohoho" in immenser Lautstärke, die wie eine Flutwelle über uns hereinbricht und uns mit betäubten Ohren sitzen lässt.

Ein Sängerkrieg ist im Entstehen. Bürgermeister Dombrowski drängt es zum Dirigieren und verordnet kurzerhand das Frankenlied. Aus unseren Kehlen erschallt „Wohl auf, die Luft geht frisch und rein, wer lange sitzt, muss rosten. Den allerschönsten Sonnenschein lässt uns der Himmel kosten…"

Nicht alle treffen die anvisierten Noten, nicht alle folgen dem Text von Victor von Scheffel und interpretieren stattdessen Text und Ton auf ihre eigene Weise. Aber der Phonpegel ist gewaltig, und der Schall kartätscht in die Reihen der Italiener. Diese rappeln sich hoch und fahren ein Geschütz mit „bella ciao, bella ciao" auf, das einen in Deckung gehen lässt und in Rücklage zwingt.

Gerhard ist nicht mehr zu halten, greift nach der Gitarre und stürzt sich in einen berserkerhaften – wenn man das unbedingt so bezeichnen will – Gesang, wahrscheinlich in Nürnberger Dialekt, genau ist das nicht auszumachen, mit dem er die Italiener ins Abseits drängt. Die Italiener geben nicht auf. Sie sammeln sich und stimmen – eine taktische Meisterleistung - ein deutsches Lied an: „Ein Prosit der Gemütlichkeit." Alle fallen aus letzter Lungenkraft mit ein. Der Raum tobt und ist außer Rand und Band. Die Stimmung kocht, die Luft ist zum Schneiden.

Ach, die schöne Bürgermeisterin ist gegangen... Wir wollten es nicht glauben, dass die schöne Bürgermeisterin gegangen war, zumal niemand schwören konnte, dass sie ihm nochmals zugeblinzelt hätte.

VII

Gleichstand

Bürgermeister Felix Dombrowski steckt in seinen Wanderschuhen, trägt einen leichten Rucksack, hält einen Stock fest im Griff, auf den er sich stützt, denn die eine Hüfte piesackt ihn mitunter, schreitet indessen wohlgemut aus. Einen Hut, der ihn vor der Sonne schützt, benötigt er nicht, denn sein volles Haupthaar ist ihm Schutz genug. „Setzt mir den blauen Himmel über den Kopf und den grünen Wiesenboden unter die Füße, einen gewundenen Weg durch Wald und Flur vor mich, und drei Stunden bis zum Mittagessen… und ich beginne in jede Richtung zu fabulieren," deklamiert er, „so ähnlich sagt es Robert Louis Stevenson bei der Beschreibung seiner Eselswanderung durch die Cevennen. Ist von höchstem Interesse. Der Stevenson hat nicht nur die `Schatzinsel´ geschrieben. Nicht schlecht… alle Achtung."

Neben ihm zur Rechten geht der sehnige Helmut, Halstuchträger und Hüter des gekrümmten

Wanderstabes aus Olivenholz, der sich müht, seinen Schritt zu mäßigen und ihn an den des Bürgermeisters anzugleichen. „Ich brauch kein Mittagessen. Ich könnte bis zum Abend ohne Unterbrechung weitergehen. Eine Flasche Wasser habe ich und einige Riegel… das reicht für jetzt."

„Ich auch. Ich könnte auch bis zum Abend weitergehen." Die das sagt, ist ebenfalls eine sehnige Person, allerdings eine Frau, Mechthild wird sie genannt, oder zuweilen, wenn man ihr nahesteht oder es traulicher will, auch Hilde. Sie geht zur Linken des Bürgermeisters. „Diese ewigen Schlemmereien mit den ganzen Weingelagen sind schwer durchzustehen. Ich trinke ohnehin nur Wasser und bin Vegetarierin. Ich würde jetzt gerne einfach mal wandern und durchatmen. Einfach nur wandern und atmen."

„Gut, Freunde, man muss aber auch…", beschwichtigt der Bürgermeister, „wir wandern ja… aber wenn man in einer Gruppe unterwegs ist… und die Gastfreundschaft… von der ich ganz ehrlich sagen muss…nicht schlecht, alle Achtung… wir kriegen das so nicht hin… wenn die Italiener zu uns kommen… da ist mir Angst und Bange… also sagen wir mal so… wir werden sie nicht in gleicher Weise bewirten können… ich weiß nicht, mit welchen Geldern das hier bezahlt wird… das geht bei uns aber nicht… wir müssen mal überlegen…"

Man hört auf einmal laute Rufe. „Wartet mal, wartet." Der Bürgermeister, Helmut und Mechthild bleiben stehen und wenden sich um. Aus einem Seitenweg sind drei Gestalten hervorgetreten, die sich rasch auf sie zu bewegen. Einer der Dreien ist mit Sicherheit Carlos, der gerufen hat und der heftig winkt, man erkennt ihn. Aber wer sind die beiden anderen? Der Bürgermeister kneift die Augen zusammen und beschirmt sie mit der freien Hand, um besser sehen zu können. „Alle Achtung…", murmelt er, „meine zwei…". Auch Helmut hat die beiden Ankömmlinge wiedererkannt. „Farid und Walid sind es", sagt er und lächelt, „ich bin mit den beiden durch Norwegen gelaufen. Sie sind Muslime und wollen das Christentum besser verstehen können und wünschen sich, die Christen würden ihrerseits den Islam näher kennen lernen wollen. Ich hatte sie eingeladen, uns auf unserem Pilgerzug zu begleiten. Vielleicht können wir voneinander lernen."

„Da hätten sie gestern Abend dabei sein sollen", merkt Mechthild an, „da hätten sie viel von uns lernen können. Wahrscheinlich hätten sie ihren Koran gleich in die Ecke geworfen und sich taufen lassen."

Helmut wirft einen bewundernden Blick auf Mechthild, die er immer nur Hilde nennt, denn er hat eine zärtliche Zuneigung zu ihr gefasst, da ihm ihre Lebhaftigkeit gefällt und gleichzeitig ihr Zug zur Askese zusagt.

„Na gut", sagt der Bürgermeister, „man muss aber auch mal sehen, dass unsere beiden Freunde gestern Abend über uns... über unsere Kultur... mehr erfahren hätten, als wenn sie anderswo... diese Gemeinschaft zu erleben, heißt schon was... und diese Freude am Gemeinsamen... dieser Freudenausbruch, der alle erfasst und verbindet, ist schon etwas Besonderes..."

„Ich kann auch ohne Alkohol fröhlich sein", fällt Mechthild ihm ins Wort, „ich brauche keine Flasche Wein, um in Stimmung zu geraten." Helmut blickt Hilde voll zärtlicher Bewunderung an.

„Das ist ja recht und nichts dagegen zu sagen", erwidert der Bürgermeister, „aber man muss auch sehen, was derartige Abende für uns, für unsere Kultur bedeuten. Unzählige Menschen verbringen in den zahllosen Gasthäusern vergnügte Stunden, unterhalten sich, tauschen sich aus, erfahren voneinander... bandeln miteinander an... wie viele Paare haben sich gefunden..."

„Aber dazu brauch ich doch keinen Alkohol." Mechthild besteht darauf.

„Muss doch keiner... also zum Münchner

Oktoberfest kommen so an die sieben Millionen Menschen jedes Jahr. Zu unserem jährlichen Bratwurstfest in Ochsenfurt nicht ganz so viele, aber, man muss sagen, alle Achtung, immerhin auch welche… und da herrscht jeweils eine Stimmung, wie du sie sonst nirgendwo erleben kannst. Nirgendwo. Ich habe noch nie ein Festzelt erlebt, in dem Hunderte und Hunderte über Stunden sitzen und Milch oder Tee trinken und darüber in Begeisterung ausbrechen. Das gemeinsame Feiern ist ein hohes Kulturgut und beim gemeinsamen Feiern wird gemeinsam getrunken… natürlich nur wer will… wer nicht will, der nicht."

Carlos ist mit Farid und Walid angelangt. „Ich habe Farid und Walid mitgebracht", sagt Carlos, „sie sind mir über den Weg gelaufen und wollen mitkommen." Farid und Walid lächeln bereitwillig. Helmut tritt auf Farid zu, sie umarmen und begrüßen sich, Salam, Salam. Helmut wendet sich Walid zu, umarmt und begrüßt ihn, Salam, Salam. Farid und Walid neigen ihren Oberkörper ein-, zweimal in Richtung des Bürgermeisters und legen dabei jeweils ihre rechte Hand an ihr Herz. „Salam, Herr Bürgermeister, Friede sei mit Ihnen." Der Bürgermeister hebt grüßend die offene rechte Hand, so ungefähr in der Art, wie man in der Prairie einem Fremden signalisiert, man trage keine Waffen, und sagt „Grüß Gott." Dann wenden die beiden sich flüchtig Mechthild zu und nicken mit dem Kopf.

„Wir sind gerade angekommen…," erklärt Farid, „trafen dann Carlos und sind jetzt hier. Wir wollen mit euch pilgern… wir freuen uns."

Sie schreiten aus. Der Bürgermeister gibt die Geschwindigkeit vor. Helmut bremst ihm zuliebe seinen Gang, hält sich an dessen Seite, zumal er gleichzeitig von den beiden Neuankömmlingen in Beschlag genommen wird. Mechthild geht einen halben Schritt vor dem Bürgermeister an dessen anderer Seite. Carlos versucht einen Platz zwischen Helmut und Farid zu behaupten, wird aber immer wieder abgedrängt, so dass er hintendran ist und den Kopf recken muss.

„Wir kommen von unserem Lehrer Abu Tekel – der Friede sei auf ihm", sagt Farid, „wir haben viele Stunden mit ihm verbracht und gemeinsam viele Tassen Tee getrunken." Der Bürgermeister wirft einen scheelen Blick auf Farid, sagt aber nichts. „Wir sind vollgesogen mit wertvollem Wissen und wollen es mit euch teilen. Abu Tekel – der Friede sei auf ihm, hat uns erzählt, dass die Christen sich viele Sorgen machen… sie haben Sorge, weil das Böse in der Welt ist… die Christen fragen sich, warum ihr Gott all die bösen Dinge in der Welt zulässt. Sie fragen sich, warum ihr Gott, der doch allmächtig ist, all das Böse in der Welt zulässt. Sie fragen sich, warum ihr Gott, der doch gütig ist, all das Leid zulässt." Farid hält inne und sieht Helmut und den

Bürgermeister erwartungsvoll an.

Helmut blickt ein wenig betrübt zu Boden, während Farid die Sorgen der Christen in Bezug auf das Böse in der Welt anspricht, denn er hätte es vorgezogen, an diesem schönen sonnigen Morgen über ein erbaulicheres Thema zu sprechen als über Leid und Übel, deren übermäßige Präsenz wie ein Stachel in der Seele eines jeden Christenmenschen steckt. Er wäre am liebsten einfach gewandert, so wie es Hilde ausgesprochen hatte, einfach gewandert und dabei durchgeatmet und am allerliebsten hätte er dieses zusammen mit Hilde getan. Er seufzt. „Ich denke", hebt er schmallippig an, „es geht hier um Verantwortung. Gott hat dem Menschen einen freien Willen gegeben… und… und der Mensch muss sich entscheiden… er entscheidet sich, ob er Gutes oder Böses tut… Es ist seine Verantwortung, was er tut…"

Farid überlegt kurz, wobei er die Stirn in Falten legt und die Augen verengt: „Ist es aber nicht so… wenn Gott dem Menschen die Verantwortung gibt… Gott dennoch die Verantwortung für die Taten der Menschen trägt… denn es sind doch seine Menschen?"

„In der Tat", sagt der Bürgermeister nach einer kurzen Pause und wischt sich über die Nase, „fragen wir uns, warum das so ist. Die Antwort darauf ist alles andere als einfach. Und ich bezweifele auch, ob unser wackerer Pfarrer Schmalfuß – der Friede sei auch mit ihm, wenn er denn jetzt zur Stelle wäre, uns eine befriedigende Auskunft geben könnte. Das bezweifele ich sehr... Insofern hat euer Abu... Abu..."

„Abu Tekel – der Friede sei auf ihm", hilft Farid.

„Also gut, Abu Tekel... insofern hat Abu Tekel schon recht, wenn er meint, wir haben da ein Problem zu erklären, warum Gott dem Bösen in der Welt so wenig Einhalt gebietet... aber gilt im Übrigen nicht das Gleiche auch für Allah... der Friede sei mit ihm?"

Farid schluckt aufkommenden Ärger herunter und sagt hastig: „Nein, nein! Das Problem ist nur... falsch gestellt. Die Christen sehen es nicht richtig, sie sehen es falsch. Der Islam kann es ganz leicht lösen..."

Der Bürgermeister schüttelt unwillig den Kopf und geht ins Grundsätzliche: „Gottfried Wilhelm Leibniz... ein deutscher Philosoph..."

„Theodizee", ruft Carlos laut dazwischen, „von Leibniz ist die Theodizee."

„Richtig", sagt der Bürgermeister und spricht wieder zu Farid und Walid, „Die Theodizee, die Frage nach dem Leid in der Welt... Ihr werdet Leibniz nicht kennen, ihr kennt allenfalls die gleichnamigen Leibniz-Kekse mit den Zacken am Rand... Leibniz hat gesagt, wir leben in der besten aller möglichen Welten...", er wiederholt den Ausspruch, um ihn wirken zu lassen, „in der besten aller möglichen... das will heißen, unsere Welt ist das Optimum, was unter den gegebenen Bedingungen rauszuholen war... Und die gegebenen Bedingungen sind die Naturgesetze. Die Naturgesetze haben immer Gültigkeit... auch der Schöpfer muss mit den Naturgesetzen arbeiten und sehen, was innerhalb der Naturgesetze möglich ist... was er in diesem Rahmen schaffen kann... und dabei kam eben die beste aller denkbaren Welten, nämlich unsere Welt heraus..."

„Aber ist nicht...", möchte Farid einen Einwand vorbringen, doch der Bürgermeister hebt gebieterisch die Hand und sagt: „Gleich... Nur um das an einem Beispiel zu verdeutlichen... der Ausdruck des stärksten Leids ist zweifellos der Tod. Es ist der Tod... das größte Leid ist der Tod... Aber jedermann wird verstehen, dass unsere Welt nicht existieren kann ohne den Tod. Sterben ist die Bedingung des Lebens. Leben ohne Sterben ist nicht möglich... deshalb ist das Leid in allen seinen Ausprägungen ein Bestandteil dieser Welt... dieser besten aller möglichen Welten… unserer Welt."

„Aber heißt das nicht", so hebt Farid an und sieht den Bürgermeister erschrocken an, „dass Gott zuschaut, was in der Welt passiert?"

„Das wissen wir nicht", sagt der Bürgermeister und macht eine vage und Vieles bedeutende Geste, „vielleicht schaut er zu, vielleicht macht er etwas anderes, was wir nicht wissen… wir wissen es nicht."

„Das ist traurig, Herr Bürgermeister", sagt Farid, „das ist sehr traurig, Sie wissen nichts über Gott. Sie wissen nicht, was er macht." Und zum ersten Mal spricht Walid und sagt: „Das ist traurig, sehr traurig. Gott schaut nur zu."

Farid blickt erstaunt zu Walid, lächelt dann anerkennend und sagt, indem er sich wieder an die anderen wendet: „Der Islam kann da helfen. Es ist ganz einfach. Man muss das Problem nur anders betrachten… man muss den Blick nicht nur auf das Diesseits beschränken… man muss über die Grenzen dieser Welt hinausgehen und das Jenseits mitbetrachten… indem wir dies tun, folgen wir der Offenbarung…die sagt, es wird einen Jüngsten Tag geben, an dem die Menschen den Lohn für ihr Leben im Diesseits erhalten… Die entscheidende Seite der Wirklichkeit ist die Ewigkeit… Die Ewigkeit gilt uns Muslimen als die eigentliche Wirklichkeit… Wenn jemand im Diesseits viel gelitten hat, wird er im Jenseits dafür reichlich belohnt… Abu Tekel – der Friede sei auf ihm – sagt, die Übel, die uns treffen sind Prüfungen oder Strafen… er sagt, die diesseitigen Strafen bewahren uns im Sinne… im Sinne einer direkten Gewinnausschüttung vor Strafe im Jenseits…"

Der Bürgermeister und Helmut schauen erschrocken bei dem Begriff „Gewinnausschüttung" und wollen etwas einwenden, aber Farid ist es diesmal, der eine Geste macht, die wohl bedeuten soll, man möge ihm noch einige Augenblicke der Aufmerksamkeit schenken: „Wahr ist, dass alles, was existiert, schon durch Gott existiert… und alles, was geschieht, schon durch Gott geschieht… jedes Atom bewegt sich nach seinem Willen… daraus folgt, dass alles von Allah kommt, und dass alles, was von Allah kommt, gut ist… Wir verstehen dies nur meistens nicht… deshalb sollten wir beten: ‚O Allah, wir bitten Dich, lass uns erkennen, dass alles, was uns geschieht, gut ist, weil es von Dir kommt…' Die Erde ist nicht ein Ort der Freude… sondern nur ein Ort der Prüfung… der Prüfung des freien Willens… und da ist dann auch alles frei… das Böse und das Gute…"

„Yippee", kräht Carlos, „das nenn ich Gleichstand. Die Christen glauben, dass Gott dem

Treiben der Menschen auf der Welt zuschaut, und die Muslime glauben, dass die Menschen dem Treiben Gottes zuschauen sollen. Alle sind Zuschauer... bei den Christen ist es Gott, bei den Muslimen sind es die Menschen... kein Wunder bei dieser Wirrnis auf der Welt..."

„Nein, nein", ereifert sich Farid laut, „ein Muslim soll..."

„Lass gut sein, Farid", ruft Mechthild streng dazwischen, „wir haben schon verstanden... sagt mir vielmehr, ihr zwei Hübschen, wie ihr es mit den Frauen haltet?"

Farid und Walid sehen Mechthild mit großen Augen verdutzt an. Sie fühlen sich in vielfältiger Weise überfahren. Die Überraschungen purzeln von allen Seiten auf sie ein. Zum einen ist ihnen die Anwesenheit von Mechthild in Vergessenheit geraten, sie haben mit ihr in keiner Weise mehr gerechnet. Zum zweiten irritiert sie die Anrede ‚ihr zwei Hübschen' in hohem Maße und zum dritten stürzt sie die Frage selbst, wie sie es denn mit den Frauen halten, in höchste Verlegenheit, denn Abu Tekel – der Friede sei auf ihm, hat über Frauen so gut wie nichts gesagt. ‚Hat er was gesagt oder hat er nichts gesagt', fragt sich Farid im Stillen, ‚auf jeden Fall hat er diesbezüglich nicht viel verlauten lassen. Er hat zwar die zweiundsiebzig Jungfrauen im Paradies erwähnt, heiß liebend und gleichaltrig, mit schwellenden Brüsten und Hyazinthen und Korallen vergleichbar, die bis dahin weder Mensch noch Dschinn entjungfert haben… aber mir scheint es gegenüber Mechthild nicht geraten, auf diese Huris zu sprechen zu kommen… lieber nicht bei Mechthild…'

„Mit den Frauen", wiederholt Mechthild, „wie haltet ihr es mit den Frauen? Ihr wisst doch, was Frauen sind?"

„Ja, ja… was ist mit ihnen?", fragt Farid.

„Das will ich von euch eben wissen. Wie sieht es denn für die Frauen bei euch aus…?"

„Wo meinst du?"

„Zum Beispiel im Paradies? Was hat denn die Frau im Paradies bei euch zu erwarten?"

Farid ist seine Ratlosigkeit anzusehen. Er wirkt wie versteinert. Er beugt sich zu Walid und die beiden tuscheln miteinander, aber ihre Mienen verraten nichts, was auf eine befriedigende Lösung hindeuten könnte. Dann wendet sich Farid mit aller Entschlossenheit an Mechthild, spricht aber eher zaghaft, mit nur leicht bewegten Lippen, von denen sich die Worte mühsam lösen: „Für die Frauen…, die ihre Pflichten tun…, für sie hat Gott Vergebung und gewaltigen Lohn bereit... das Paradies sieht man mit den Augen des Herzens."

Jetzt ist es an der Reihe von Mechthild verdattert zu sein, denn sie hält den Mund geöffnet und kann ihn für eine Weile nicht schließen, während ihre ebenfalls aufgerissenen Augen schieres Unverständnis verraten bei dem, was sie da hören muss. Doch Helmut ist von ihr stark beeindruckt, ein energischer Auftritt, findet er. Er wünschte sich, wenn er denn könnte, auf der Stelle mit Hilde gemeinsam auszuschreiten, dem Weg in gemessener Geschwindigkeit zu folgen, um Gemeinsamkeit und Verbundenheit zu halten und frei aus- und einzuatmen. Vielleicht ergäbe sich dabei ein Gespräch über das Paradies, wie es beschaffen sein sollte, wenn man seinen Gedanken freien Lauf ließe, welche Möglichkeiten es bereithalte und welche Vorkehrungen zu treffen seien, um es hier auf Erden, wenn auch nur für eine Weile, einzurichten.

VIII

Bagno di Romagna

Farid und Walid waren am nächsten Tag abgereist. Sie ließen uns wissen, dringende Angelegenheiten hätten ihre Abreise erzwungen, was sie umso mehr bedauerten, da sie doch erst im Begriffe gewesen seien, mit uns in ein Gespräch über den Islam und das Christentum einzutreten. Sie hofften auf eine baldige Wiederaufnahme des Dialogs, aus dem sie viel Wissen und Hoffnung geschöpft hätten. Auf dem Zettel, den sie hinterlassen hatten, fanden sich sechs Wörter, die, guten Willen beim Leser vorausgesetzt, auf das eben Gesagte herausliefen.

Doch sie kehrten tatsächlich wieder auf die Via Romea zurück und wanderten mehrere Etappen mit einer Pilgergruppe zuerst im Harz, von Wernigerode über Hasselfelde nach Nordhausen, einige Monate später dann noch mit einer anderen Gruppe über einige Tage zwischen Dinkelsbühl, Marktoffingen und Donauwörth.

Wir erreichten am Nachmittag Bagno di Romagna, in der Provinz Forli-Cesena, einem Heilbadeort im Apenninental des Savio. Der Weg dorthin führte durch wildes, meist karstiges Land. Man sagte uns, Wölfe hätten hier Reviere gefunden, und der Ranger, der zu uns gestoßen war und eine Pistole am Gürtel trug, zeigte uns tatsächlich eingetrocknete Wolfslosung am Rande eines Buschwerks. Er sagte, wenn ein Hund an der Losung schnuppern würde, sträubte sich ihm sogleich das Fell, und er begänne zu jaulen. Zudem gäbe es zuhauf Wildschweine, denen man besser nicht zu nahekomme, denn sie seien zuweilen unberechenbar und angriffslustig. Die Vegetation erschöpfte sich in kreuz und quer wachsenden, kaum schulterhohen Koniferen, die aus dem steinigen Boden an allen Stellen drängten und undurchdringliche, stachlige Dickichte bildeten. Als wir dem sich windenden Pfad folgten, der zu einem weiten Bogen ausholte, hörten wir aus einem nahen Gebüsch ein verstörendes Grunzen, und kurz darauf machte sich eine Rotte zur Flucht auf und verschwand, kaum für einen Augenblick sichtbar, im Gestrüpp.

Die mittelalterliche Stadt Bagno di Romagna, geschützt durch Ringmauern, besitzt die Thermen von Santa Agnese, aus deren Quelle sich ein 44° C heißes Schwefelwasser, vermischt mit kohlensaurem Natron, in das Becken ergießt. Es riecht ein wenig faulig, soll aber von unübertroffener Gesundheitswirksamkeit sein. Die Thermen sind einem Vier-Sterne-Hotelkomplex angegliedert, in dem man es sich an Leib und Seele wohl ergehen lassen kann. Von alters her war es Brauch und Sitte, die ankommenden Pilger direkt von der Straße kommend in das Thermalbad zu führen, damit sie ihre müden Glieder strecken und die heilsame Wirkung des Wassers erfahren konnten. Leider aber lag dieser schöne Brauch einige Jahrhunderte brach, so dass nicht mit einem gefestigten Wissen über diese Gewohnheit seitens der Gäste des Hotels oder der Bevölkerung zu rechnen war. Wir waren nun die ersten, die ihn wieder zum Leben erwecken sollten, den Brauch. An uns soll es nicht liegen, dachten wir, ohne uns wirklich Gedanken zu machen, was da auf uns zukommen sollte. Wir hatten unsere Badekleidung im Rucksack, wie angeordnet, und somit waren wir bereit.

Wir betraten die Stadt, die mit ihren rund sechstausend Einwohnern überschaubar und schnell durchmessen war, und näherten uns dem Zentrum. In der städtischen Umgebung fiel uns auf, was uns zuvor nicht weiter gestört hatte: wir waren völlig verdreckt. Im Laufe des Tages waren wir nämlich auf eine Viehweide gestoßen, die sich weit über das Terrain erstreckte. Die Kühe zupften dort mit ihren Kälbern an gelblichen Grasbüscheln oder lagerten träge in Gruppen im spärlichen Schatten, den die am Saum der Weide gepflanzten, halbhohen Bäume boten.

Herr der Weide und der Kühe war ein Koloss von einem Stier. Ein wahrer Gigant. Das Tier trug gewaltige Muskelpakete an und auf sich, deren Zustandekommen von jeher Fragen aufgeworfen haben: wie kann es denn sein, dass eine derartig kompakte, kraftstrotzende Muskelmasse durch den Genuss von Gras, Halmen und Strünken weiterer Grünpflanzen aufgebaut wird? Gilt auch für Pferde, Zebras und was weiß ich für Tiere… ja, selbstverständlich für Elefanten, obwohl die eher groß und wampig aussehen als muskulös, dennoch stellt sich auch bei denen die gleiche Frage. Doch war jetzt nicht die Zeit, dieses Rätsel der Biologie zu lösen. Wir mussten passieren. Auf offener Fläche wären wir ihm ausgeliefert. Er stand direkt am Zugang der Koppel, die er als drohender Riegel versperrte, und bot uns seine Breitseite zur vollen Sicht an. Sein riesiges Gemächt war sichtbar, das vermuten ließ, der Bestand an Kälbern sei für die nächsten Zeiten mehr als gesichert. Er ließ sich nicht einmal herab, in unsere Richtung zu blicken, sondern glotzte wie unbeteiligt in die Ferne, was die Lage bedrohlich wirken ließ. Dennoch schien er uns zu erwarten, dabei sich seiner Kraft völlig sicher zu sein. Einer unserer italienischen Führer näherte sich dem Ungetüm, schwang seinen Stecken und versuchte ihn mit lauten Rufen zu schrecken. „Heihohoho…"

Der Stier blinzelte nicht einmal.

Der Mann verstärkte seine Rufe zum Geschrei, wedelte zusätzlich wild mit seinem Hut und hieb mit seinem Stecken gegen das hölzerne Gatter, womit er unangenehm klackende Geräusche erzeugte.

Der Stier drehte langsam seinen Schädel in Richtung unseres Mannes. Er sah ihn ruhig aus seinen untertassengroßen, ein wenig unterlaufenen Augen an, deren Blick wohl besagte: ‚Was willst du denn, du Wurm… ich produziere zweihundert Liter Speichel am Tag… von Samenflüssigkeit gar nicht zu reden…‘ Er bewegte sich aber nicht von der Stelle. Der massige Schädel mit den kurzen dicken Hörnern wirkte furchteinflößend. Die Drohung war mit Händen zu greifen. Niemand verspürte Lust, sich dem Stier zu nähern.

Ein Queren der Weide war zu gefährlich, und wir nahmen davon Abstand, wenn auch der von der zuständigen Gemeinde vorgezeichnete Pfad geradewegs durch die Weide verlief. Das musste unbedingt im Sinne eventuell nachfolgender Pilger auf den Wanderprospekten und Karten korrigiert werden. Wir mussten uns am äußersten Rand durchschleichen, so stiegen wir in unwegsames Gelände ab. Das Ausweichmanöver gelang, insofern es uns vor dem Stier beschützte, aber wir gerieten dabei unversehens in eine Senke, die voll Schlamm und aufgelöstem Kuhfladenmoder stand. Wir suchten festen Tritt, aber sackten des Öfteren, stapfend in dem tiefgrünen Kuhdung, bis über den Schaft ein. Stiefel und Hosenbeine wurden stark in Mitleidenschaft gezogen und eine grünlich-graue Patina überzog beide, schmierig und übelriechend…

Nun standen wir also vor dem Prachtbau des Sterne-Hotels mit seiner weißen Fassade, betrachteten abwechselnd die gläserne Schwingtür mit der goldenen Inschrift, den darunter schimmernden Bogen der angeführten Sterne und unsere mit Kuhmist verschlammten Füße. Wir fragten uns, was zu tun sei, um dem Glanz dieses Hauses gerecht zu werden und die ausgelegten Teppiche, die durch das Glas zu erkennen waren, nicht zu verschmutzen. Welche Haltung würde das Personal einnehmen und die übrigen Gäste, wenn sie sähen… Da wurde die Tür aufgerissen und der Ruf „pellegrini" erschallte vielstimmig aus dem Gebäude, „santi pellegrini." Die Zeit für weiteres Zaudern und Zögern war abgelaufen, und wir wurden gebeten einzutreten. Aber was heißt hier eintreten… was heißt hier gebeten… wir wurden hereingezogen, hereingeschoben, denn die Hinteren drängten die Vorderen, und die Vorderen wurden von dem Personal durch Zurufe und die Richtung weisende Gesten genötigt, auf schnellste Art das Innere zu betreten. Der Bäderbereich lag gleich rechter Hand.

Ab da lief alles wie in einem Film ab, nur dass wir uns nicht als Zuschauer fühlten, sondern offensichtlich die Darsteller waren. Weißgewandete Bademeister führten uns im Eilschritt zum Bäderbereich, an dessen Anfang der Umkleideraum stand. Alles weiß gefliest. Sie wiesen uns an, unsere gesamten Wandergeräte einfach in einer Ecke abzulegen. Also häuften wir in der angegeben Ecke unsere Rucksäcke, Beutel, Stöcke und Stiefel nebeneinander und übereinander, was ein großes, wirres Gewühl abgab, denn wir zählten an die zwanzig. Uns beunruhigte sichtlich, wie es denn zu bewerkstelligen sei, nach dem Bade aus diesem Haufen das jeweilig Eigene herauszuklauben. Aber die Zeit für derartige Befürchtungen war knapp, ja eigentlich gar nicht vorhanden, denn nun bereitete all denen, und das waren an und für sich alle, die mit einem derartig blitzartigen Vorgehen nicht gerechnet hatten, der Umstand Schwierigkeiten, dass sie versäumt hatten, ihr Badezeug rechtzeitig aus dem Gepäck zu sichern. Es begann eine hektische Suche, und jedermann durchwühlte seine Siebensachen nach dem Badezeug.

Das Ganze fühlte sich wie auf einem Laufband oder auf einer Drehbühne an. Es standen nur zwei Umkleidekabinen zur Verfügung, in die wir abgedrängt wurden und vor denen und in denen das Gewimmel und Gedränge an das bei den japanischen U-Bahnen erinnerte. Es entschlossen sich dann jeweils zwei zum gemeinsamen Umziehen. Vorher hatte man uns einige Päckchen in die Hand gedrückt. Da war zunächst die Badekappe, eine Badekappe aus dünnem blauem Plastik. Also rasch übergestülpt. Allein eine solche Badekappe hat das Zeug aus einem halbwegs respektablen Menschen eine Ulkfigur zu machen. Jeder lachte über den anderen und verstummte erschrocken, wenn er auf einen Spiegel traf. Dann gab es da ein überdimensioniertes weißes Handtuch, das man auf vielfältige Weise um sich schlingen kann oder auch sich darin verheddern. Offensichtlich galt eine Toga als Vorbild, und man sollte sich einen Römer vorstellen, der sich darin einwickelte. Die Vorstellung ging nicht ganz auf, denn die Gestalten, die da mit Badekappe und weißem Schlingtuch aus der Kabine stolperten, hatten übersehen, dass ihre Flip-Flops, die zur Ausstattung ebenfalls dazugehörten, mit einem Plastikverschluss aneinander gekettet waren. Da alle Brillen abgelegt waren, litt die Sehkraft erheblich, und wir mussten uns gegenseitig Halt bieten, um nicht zu straucheln. Ein groteskes Bild. Was war aus den stolzen Pilgern geworden? Ein Haufen schriller Komödianten! Wir erkannten uns kaum wieder und konnten vor Lachen nicht an uns halten. Hilda, die energische Fahrerin von der Kulturgruppe, die zu uns gestoßen war, normalerweise Herrin über die Aumühle, Gastgeberin musikalischer Soiréen und Grande Dame von Aub, lag auf dem Boden, schlug mit den Fäusten auf die Fliesen und schrie in Erstickungsnöten: „Ich brauch` einen Schnaps, ich brauch` einen Schnaps."

Es gab keinen Schnaps; stattdessen schubsten wir uns in Richtung des Thermalbeckens und stiegen in das versprochene Heilwasser. Das Wasser war eine Offenbarung – das muss man ganz klar sagen. Blau wie einst die Adria, warm wie ein Wannenbad und mit einem von der Kuhweide vertrauten fauligen Geruch. Aus einem hochgelegten Rohr floss das über 40 Grad heiße Wasser in das Becken. Das Becken war geräumig und bot ausreichend Platz für uns alle.

Wir fingen an zu planschen und uns zu aalen und uns im Wasser wie Robben zu drehen. Auf zwanzig Minuten war das Vergnügen begrenzt, weil sonst der Kreislaufkollaps drohte. So stark war das mit kohlensaurem Natron vermischte Schwefelwasser! Robert fand eine Schwimmwurst, die sein Wohlgefallen erregte, und bugsierte sie unter seinen Leib und ließ sich treiben. Andere spreizten Arme und Beine, legten sich auf den Rücken und spielten „toter Mann." Die meisten suchten die verschiedenen Düsen auf, die mit wohltuender Kraft auf Schultern, Lendenwirbel und Waden ausgerichtet waren und Massagewirkung erzielten, oder schwammen in langsamen Stößen mit geschlossenen Augen und verzücktem Sinn durch das Bassin. Die Zeit verflog im Nu, plötzlich ertönte eine Trillerpfeife, und wir waren gehalten, unseren Jungbrunnen zu verlassen.

Nach vollendetem Bade, dessen Labsal nicht hoch genug anzusetzen ist, gerieten wir erneut in Bedrängnis. Mit der einen Hand hielten wir die schützenden Tücher am Leib fest, mit der anderen zerrten wir an Rucksack, Wanderstiefeln, Stöcken und Kleidung und schlurften auf den mittlerweile entbundenen Flip–Flops, mit der Badekappe auf dem Kopf, durch den Gästebereich zur Rezeption.

Die Vier-Sterne-Gäste, die im Foyer an den Tischen saßen, an ihren Teetassen nippten und am Gebäck knabberten, wunderten sich nicht wenig, als sie uns kommen sahen und wir ihre Sitzgruppen kreuzten. Aber Brauch ist Brauch, auch wenn er die letzten Jahrhunderte unbekannt geblieben ist, und ein Pilger muss nun mal von der Therme zur Rezeption, um die Zimmerformalitäten zu erledigen. Die drei Damen an der Rezeption bestanden unnachgiebig darauf, die Anmeldung sei auf dem Formular jetzt und auf der Stelle von jedem vorzunehmen. Von den drei Damen schauten dabei zwei gebannt zu, wie die Führungsdame sich gegen alle Bedenken und Einwände der Pilger durchzusetzen verstand. Die Einwände der Pilger, sie seien in diesem Aufzug nicht in der Lage, ein Formalitätenblatt auszufüllen und benötigten ihre beiden Hände für dringlichere Aufgaben, wurden überhört. Könnte man denn die notwendigen Formalitäten nicht im Nachhinein, nach Bezug des Zimmers erledigen? Nein, könnte man nicht. Diese seien an Ort und Stelle und zwar jetzt zu erledigen.

Aber wie erledigt ein nackter, nur mit einem Schlingtuch bekleideter Pilger die Anmeldeformalitäten, bei denen unter anderem die Vorlage des Ausweises von Nöten ist? Wo mag er stecken, der Ausweis? Wie füllt er das notwendige Formular aus, wenn das Schlingtuch rutscht, die Hände damit beschäftigt sind, seine Habe bei sich zu halten, und zu seinen Füßen sich Pfützen bilden und hinter ihm ein Haufen nasser und fröstelnder Pilger drängelt? Ja, wie macht man das? Das fragten sich die Gäste auch und schauten uns mit steigendem Interesse zu und vergaßen dabei ihre Teetassen und das Gebäck. Sie schienen uns für eine Schauspieltruppe zu halten, die zu ihrer Belustigung vor ihren Augen agierte. Als es dem ersten von uns gelang, mit den beiden zur Verfügung stehenden Händen das Schlingtuch zu halten, das Anmeldungsblatt auszufüllen, Ausweis und Zimmerschlüssel zu greifen und alle Wandergerätschaften und Kleidungsstücke hinter sich her zu schleifen, brauste von den Teetischen her Applaus auf. Man hörte Bravorufe, auch ‚da capo' oder ‚bis, bis'.

„Potete prenotarci!", rief Vroni der Teegesellschaft zu, „uns kann man buchen!"

Aber bald kam die Wahrheit ans Licht, und man raunte sich unter den Gästen zu, dass wir Pilger seien. Und wir dachten uns, dass sich die Gäste dachten: was für eine eigenartige, fehlgeleitete Pilgerschar das sei. Aber nein, das dachten sie nicht! Ganz und gar nicht! Ihre Mienen wechselten bei Bekanntwerden unseres Pilgerstatus augenblicklich von der Erheiterung und Belustigung, die sie der Schauspieltruppe bereit waren zu zollen, zu Respekt und Anerkennung, die für Pilger reserviert sind. Sie nickten sich gegenseitig voll des Lobes für uns zu und zeigten offen ihre Bewunderung, bevor sie sich wieder ihren Teetassen zuwandten, ihrem Gebäck, uns aber gesprächsweise auf längere Zeit bei sich hielten.

IX

Gleiches Recht

Nun mag es den Anschein erwecken, das Pilgern sei eine Angelegenheit ohne Richtschnur und ohne ordnenden Rahmen, wo ein jeder nach Belieben schalten und walten könne. In Augen mancher erscheine das Pilgern wie ein übermäßig langer Ausflug, das lediglich dem Vergnügen, der Abwechslung und dem Austausch diene und das keinerlei Regelwerk unterliege. Diese Einschätzung ist nicht falsch, indessen bedarf sie einiger Ergänzungen, um die Bedeutung und das Gewicht des Pilgerns zu unterstreichen und dessen Ernsthaftigkeit. Es gibt einige eherne Regeln für das Pilgern, die vielleicht in der Öffentlichkeit zu wenig bekannt sind, und deshalb hier in Erinnerung gerufen werden sollen:

Ein Pilger darf nicht behelligt werden.

Ein Pilger darf nicht gefangen werden.

Ein Pilger darf nicht gepfändet werden.

Das sind die unverbrüchlichen Rechte der Pilger, die sich bei näherem Hinsehen als nützlich und günstig für diese erweisen. Über Pflichten der Pilger lässt sich wenig sagen, weil sie nirgendwo in einem Statut zusammengefasst. Sie sind in allerlei Schriften und Abhandlungen und Folianten verstreut zu suchen, zumeist in Andeutungen formuliert oder ufern in weitschweifigen Erläuterungen aus, so dass es richtiger ist zu sagen, über die Pflichten lässt sich wenig oder aber sehr viel und lange sprechen. Wir verzichten auf das lange und viele Sprechen und wenden uns kurz den Rechten zu, die einfacher zu greifen sind.

‚Ein Pilger darf nicht behelligt werden‘, heißt es. Das ist auf der einen Seite klar und eindeutig, auf der anderen Seite eröffnet das Wort ‚behelligen‘ viele Felder, über die man sich auslassen könnte. Was damit im Kern gemeint ist, lässt sich am Beispiel eines Erlebnisses verdeutlichen, das uns widerfuhr, als wir uns der Stadt Bibbiena näherten. Bibbiena, die Partnerstadt von Ochsenfurt und die Stadt, in der einer der maßgeblichen Köpfe der Via Romea lebt, Professore Alessandro Rosselli. Dort wurden wir in der Tat behelligt. Wir gerieten in einem Waldstück unweit der Stadt in einen Hinterhalt, denn üble Gesellen mit Schwertern und Knüppeln in den Fäusten und wildem Gebaren stellten sich uns entgegen und forderten Geld oder Leben. Doch bevor es brenzlig wurde, eilte uns eine Schar Ritter in Kettenhemden, ehernen Helmen und gezogenen Schwertern zu Hilfe, und es begann ein mörderisches Scharmützel, an dessen Ende die Spitzbuben alle tot daniederlagen. Danach las der Ritterhauptmann eine Proklamation vor, die uns Pilger unter seinen Schutz stellte, und wir konnten unbesorgten Schrittes unseren Weg in die Stadt fortsetzen. Was war geschehen?

Bürger der Stadt Bibbiena hatten Kostüme des örtlichen Traditionsvereins übergezogen und uns ein Schauspiel serviert, das an vergangene Zeiten des finsteren Mittelalters erinnerte, als Pilger nicht selten Opfer von Überfällen wurden. So ist das Behelligen zu verstehen, auf dessen Nicht-Eintreten jeder Pilger ein Recht hat. Im Übrigen lässt sich aus dem Verbot, den Pilger nicht zu behelligen, gutwillig auch ein Gebot ableiten, denn wenn jemand nicht behelligt werden soll, liegt doch der Gedanke nahe, ihm Schutz anzubieten und sich um ihn zu sorgen. Das taten die Einwohner von Bibbiena in unübertrefflicher Weise. Des Abends war in der Sporthalle für gut zweihundert Personen eingedeckt. Auf langen Tischen wurden weiße Leinentücher ausgebreitet, und nachdem alle Platz genommen hatten, nachdem die Begrüßungsworte gesprochen, die Dankesworte erwidert waren, begann ein üppiges Mahl. Begleitet wurde es von dem

Klirren der anstoßenden Gläser, die die Hände in immer kürzerer Folge einander entgegenstreckten, ein Geräusch, das mit fortschreitendem Abend über alle anderen Geräusche die Oberhand gewann. Ein zunächst nur klirrendes Fest, das sich durchaus in ein rauschendes zu entwickeln wusste.

Aber schon vor dem Festmahl, am späten Nachmittag, war uns auf der Piazza inmitten der historischen Altstadt ein grandioser Empfang geboten worden. Wir hatten kaum Zeit, uns in unseren Hotels und Unterkünften in aller Eile umzuziehen, die Wanderkleidung abzulegen, uns ein wenig festlich herzurichten, um rasch zur Piazza zu gelangen. Dort standen schon seit einer ganzen Weile, in Dreierreihen wartend, die Mitglieder der Gruppo Sbandieratori e Musici Città di Bibbiena. Kaum hatten wir unseren Platz ihnen gegenüber eingenommen, setzte eine schmetternde Musik ein, und die Sbandieratori, die Fahnenschwinger, lösten sich aus ihrer Formation und liefen in exakt gezirkelten Schleifen und Kurven über den Platz, die linke Hand in die Hüfte gestemmt, die andere eine flatternde Fahne haltend. Sie hielten inne, warfen ihre Fahnen hoch hinauf in die Luft und fingen sie mit viel Geschick wieder am Haltegriff auf. Daraufhin setzten sie sich erneut im Laufschritt in Bewegung und kreuzten und querten ihre Reihen in einer ausgefeilten Choreografie, der reichlich Beifall gespendet wurde. Alle beteiligten Fahnenschwinger, unter denen auch etliche junge Frauen auszumachen waren, trugen Kostüme, deren Eigenart darin besteht, farblich diagonal geteilt zu sein, ähnlich wie bei einem Harlekin, so dass ein gelbes linkes Bein einem gelben rechten Armkleid entspricht, und dagegen der linke Arm wie das rechte Bein gewandet ist. Die Darbietung nahm an Finesse und Schwierigkeit enorm zu und steigerte sich hin zur Akrobatik. Nun fingen die Akteure nicht nur ihre eigenen Fahnen auf, sondern im Austausch die ihrer jeweiligen Gegenüber, die durch die Luft gewirbelt aneinander vorbeiflogen und mit Geschick ergriffen wurden. In immer neuen Mustern und Anordnungen warfen die Fahnenschwinger ihre Geräte empor, drehten sich, während die Fahnen in der Luft schwebten, um ihre eigene Achse, fingen sie wieder auf, und nicht eine fiel zu Boden. Jedes Jahr findet in Bibbiena ein Festival der Fahnenschwinger statt, zu dem Gruppen auch aus Deutschland anreisen...

Zurück zu den unveräußerlichen Rechten der Pilger. Als zweites nannten wir das Recht des Pilgers, nicht gefangen zu werden. Dieses Recht können wir getrost dem Erstgenannten zurechnen, denn wer nicht behelligt werden darf, kann schwerlich in Gefangenschaft geraten. Aber diese doppelte Erwähnung zeigt schon auf, dass Pilgern in vergangenen Zeiten eine gefährliche Angelegenheit gewesen sein muss, und man durch zwei Formulierungen des gleichen Rechts dem Unheil vorzubeugen hoffte.

Das dritte Recht hingegen verdient unsere Aufmerksamkeit, mehr noch, es verdient die Aufmerksamkeit all jener, die in irgendeiner Weise, verschuldet oder nicht verschuldet, in finanzielle Schieflage geraten sind. Schnell ist jener bedauernswerte Stand erreicht, jener Notstand, erlangt etwa durch Scheidung, durch Verlust des Arbeitsplatzes, durch Krankheit oder leichtsinniges Gebaren in Geldangelegenheiten jedweder Art. Jener Notstand, der eine drückende Last an Schulden nach sich zieht, die zu begleichen man sich nicht mehr in der Lage sieht. Ein Pilger, heißt das dritte Recht, darf nicht gepfändet werden. Nun will niemand verschuldeten Menschen im Allgemeinen raten, sich auf die Pilgerschaft zu begeben, um dem Gerichtsvollzieher oder Abgesandten des Inkassobüros zu entkommen. Aber im Einzelfall kann es doch eine praktikable Möglichkeit darstellen, sich auf den Weg zu machen, um für einige Zeit, wenn nicht seinen Frieden, so doch seine Ruhe zu finden.

Aber es gibt noch etwas, was für einen Pilger von Bedeutung ist, ja von hohem Nutzen, und was wir bisher bei den Rechten, die einem Pilger zustehen, zu erwähnen versäumt haben. Wir holen das jetzt gerne nach: Wer ein Pilger ist, hat für diese Zeit begrenzte Klerusrechte. Jawohl Klerusrechte. Lassen wir uns nicht durch das unklare und unschöne Wörtchen ‚begrenzt' stören. Sagen wir einfach: Wer ein Pilger ist, hat für diese Zeit Klerusrechte. Was bedeutet das? Das bedeutet, man kann als Pilger jeden Pater, Mönch, Kuttenträger oder Kuttenträgerin freundschaftlich oder liebevoll unterhaken und sich nach seinem oder ihrem Befinden erkundigen und seinen oder ihren Proviant mit ihm oder ihr teilen. Das kann es bedeuten… Es kann aber auch vieles mehr bedeuten. Das Recht, den Segen zu spenden, gehört unbedingt dazu… wobei allerdings daran zu erinnern ist, den Segen zu spenden ist schon seit alters her die Gewohnheit von Vätern, die ihren in die Welt ziehenden Söhnen diesen mit auf den Weg geben. Mütter segnen ebenfalls… vielleicht weniger in gemessenen Worten als in Gedanken, aber sie tun es gewiss oft und mit Inbrunst… Doch verlieren wir uns nicht. Der entscheidende Punkt ist, dass der Pilger während seiner Pilgerschaft den Klerikern gleichgestellt ist und er als einer von ihnen zählt. ‚Unde enim Episcopi et Clerus? Nonne de omnibus', heißt es seit frühester Zeit, ‚denn woher sind die Bischöfe und der Klerus genommen? Doch wohl aus der Masse der Christen.'

Vielleicht sollten wir das an einem Beispiel aufzeigen, um das Gemeinte zu verdeutlichen. Es war in Bagno di Romagna, es war der Tag nach dem Bade in den wohltuenden Thermen, die uns so ungemein belebt hatten. Ein Sonntag. Die Stadt blinkte und strahlte, hatte sich festlich dekoriert, überall hingen Girlanden, wehten Fahnen, und die Heiligenbilder waren an Fassaden und Fenstern ausgestellt. Auf der Piazza reihten sich links und rechts von einem freigelassenen Gang, auf dem ein roter Teppich ausgerollt lag, hunderte von Stühlen, die für die zu erwartende Besuchermenge bereitstanden. Die ersten beiden Stuhlreihen waren mit weißen Namensblättern belegt, somit für die Ehrengäste reserviert. An der Stirnseite des Stuhlaufgebots befand sich ein langgestreckter, mit weißen Tüchern bedeckter, sorgfältig geschmückter Altar mit ausgesuchten Blumengebinden und sakralen Gerätschaften. In der Mitte des Altars ein goldenes, mit Edelsteinen verziertes Kreuz. Eine Messe sollte gelesen werden.

Der Festtag und die Messe waren einem Heiligen gewidmet, an dessen Namen ich mich nicht mit Gewissheit erinnern kann, aber ich glaube, es ist St. Ubaldo, der im 13.Jahrhundert wundertätige Werke in der dortigen Gegend vollbracht haben soll. Bin mir aber keinesfalls sicher. Die Messe zu lesen, hatte sich Kardinal Bertone, Tarcisio Bertone vorgenommen, der zweite Mann in der Hierarchie des Vatikans und somit ein mächtiger Kirchenfürst, zugleich von denkbar schlechtestem Ruf, denn die Skandale, in die verwickelt zu sein man ihm nachsagte, sind zahlreich. Unsere Pilgergruppe war keineswegs zufällig zu diesem Zeitpunkt in Bagno di Romagna, sondern in zielvoller Absicht dorthin aufgebrochen. Die italienische Führung des Vereins VIA ROMEA hatte im Verborgenen Fäden geknüpft, um den Kardinal, von dem man wusste, er wäre anlässlich der Feiern zu Ehren des St. Ubaldo – für die Richtigkeit des Namens dieses Heiligen ich mich allerdings nicht verbürgen möchte – in Bagno di Romagna sein, zu treffen. Es war mit dem Kardinalssekretär verabredet, den Kardinal bei der Audienz, die dieser unmittelbar nach der Messe öffentlich auf der Piazza abhalten wolle, mit einer kleinen Delegation aufzusuchen, um sich als internationale Pilgergruppe, in erster Linie aus Italien und Deutschland kommend, aber auch aus Finnland, Frankreich, Irland und weiteren Ländern, vorzustellen, die auf der Via Romea von Stade bei Hamburg auf dem Weg nach Rom sei. Man versprach sich bei den italienischen Organisatoren des Pilgerwegs Via Romea einen Bedeutungs- und Gewichtungszuwachs, wenn der Kardinal durch den Empfang der Delegation die Existenzberechtigung dieses aus der Taufe gehobenen Weges bestätigte. Man hoffte, später dann, bei dem Antrag bei der Europäischen Union auf öffentliche Anerkennung des Weges und folgerichtig auch Förderung durch diese, mit der Akzeptanz durch den Kardinal und damit der Kirche, punkten zu können. Zu diesem Zweck waren auch am Vorabend die Vereinsoberen angereist und hatten uns gebeten, an der Messe unbedingt teilzunehmen, um im Bedarfsfall bei Kardinal Bertone durch ansehnliche Kopfzahl zu beeindrucken.

Bei italienischen Vereinen ist die Organisationsstruktur nicht auf den ersten Blick durchschaubar, auf jeden Fall aber steht an der Spitze immer ein Präsident. So auch in unserem Fall. Lorenzo heißt er, der Präsident, ein stabiler, vierschrötiger Mann, meist in einem karierten Hemd unterwegs, trägt einen Vollbart, kurzgehalten, und eine Brille, die sich je nach Lichtintensität verändert, sich abdunkelt bei Sonnenschein und in Räumen aufhellt. Lorenzo widerspricht dem gängigen Klischee eines Italieners, da er sich stets reserviert verhält, selten den Mund auftut und nur bei dringlichen Angelegenheiten das Wort ergreift, um klare Positionen einzunehmen, die dann meist für die gesamte Gruppe Geltung haben. Bisher ist noch nicht bekannt geworden, welchen Beruf er ausübt oder ausgeübt hat. Als zweiter Mann in der Führung gilt Simone, ein verbindlicher, durchwegs freundlicher Mann mit mediterranem Teint von olivfarbener Bräune, zurückgekämmten, grau-lockigen Haaren und hellblauen Businesshemden. Simone ist Bürgermeister einer der Städte, die an dem Pilgerweg liegen, und er vertritt insbesondere die Interessen der betroffenen Kommunen an dem Projekt. Beide, Lorenzo und Simone, nehmen regelmäßig an den Wanderungen auf den verschiedenen Etappen in Italien und Deutschland teil, wohl um sich ein Bild zu machen und die Lage einschätzen zu können.

Auch Professore Alessandro Rosselli ist gekommen, gilt aber als kritisch, ja geradezu feindselig dem Kardinal Bertone gegenüber eingestellt. Er unterstellt ihm, in alle Skandale verwickelt zu sein, die der Kirchenstaat aufzubieten hat – und das seien nicht wenige, und erklärt unumwunden, dass der Kardinal Bertone täglich damit zu rechnen habe, verhaftet zu werden, denn sein Maß sei übervoll. Somit gehören der Delegation, die sich dem Kardinal Bertone andienen will von italienischer Seite Lorenzo und Simone an, und auf deutscher Seite nimmt der sehnige Helmut mit seinem aus Olivenholz gefertigten Hirtenstab mit der eindrucksvollen Krümme teil. Drei Pilger sollen es sein, die an der Audienz teilnehmen, die anderen warten gegebenenfalls auf einen Ruf, um sich zu zeigen.

Inzwischen ist der Platz längst angefüllt mit den Gläubigen, die aus allen Himmelsrichtungen in festlicher Kleidung herbeigeströmt sind und auf den Stühlen Platz genommen haben. Es herrscht eine feiertägliche, aufgeräumte Stimmung, man scheint sich größtenteils zu kennen und ist in lebhafte Gespräche verwickelt. Auf den ersten beiden Stuhlreihen sind die weißen Reservierungszettel mit den vermerkten Namen durch ihre leibhaftigen Träger ersetzt. Noch fehlen drei oder vier Ehrengäste, vielleicht sind sie verhindert, vielleicht verspäten sie sich – egal, die Messe beginnt mit tosendem Glockengeläut, das über die Piazza braust und das die Klänge des heiligen Dienstes, der da seinen Lauf nehmen soll, auf die Häupter der Anwesenden herabschweben lässt. Die Menge erhebt sich von ihren Plätzen, was ein dumpf scharrendes Geräusch erzeugt, das sich für einen Atemzug zwischen das Geläut der Glocken drängt. Kardinal Bertone schreitet mit Gefolge auf dem roten Teppich mit gemessenem Schritt dem Altar entgegen. Auf dem Kopf trägt er die „mitra pretiosa", die „kostbare Mitra", die üblicherweise reich mit Juwelen und Halbedelsteinen verziert ist und mit Goldfäden bestickt. Sein Gewand lässt an Pracht ebenfalls nichts zu wünschen übrig. Die Ornamentik weist ein üppiges Dekor, vorrangig in Gold und Rot, auf. Der Bischofsstab, den er in der Hand hält, muss eine Rarität sein, denn unvergleichlich ist das Geschnörkel, das seine Oberfläche überzieht. Und erst die Krümme! Sagen wir einfach so – sie besteht aus vergoldetem Silber und ist mit Arabesken und Verzierungen aufwendig gestaltet.

Der Kardinal ist ein großer Mann, reicht wohl an zwei Meter, wobei die Mitra seine Größe betont und ihn möglicherweise optisch ein wenig in die Höhe zieht. Seine Gestalt ist hager, soweit man sehen kann, knochig. Das Gesicht eingefallen und in Andeutung ausgezehrt. Eingehüllt in ein schwarzes Gewand und mit einer schwarzen Haube muss er eine furchteinflößende Erscheinung abgeben. Ich weiß, ich weiß – es wird nie und niemals passieren, aber ich möchte ihm nicht im Wald bei einbrechender Dunkelheit begegnen. Obwohl… ist man sich dessen so gewiss? Seine Schwester gibt an, seine Hobbys seien Pilze sammeln und Fahrrad fahren. Und wo sammelt man Pilze? Ja, ja im Wald!

Dann noch der Fußball. Den seit 2007 ausgetragenen, von Bertone ersonnenen Clericus Cup, einen Fußballwettbewerb für Priester und Ordensmänner, verfolgte er mit großem Interesse und tatkräftiger Unterstützung, bis er dafür kritisiert wurde. Auch die Idee, eine Vatikanmannschaft zu den Fußball-Weltmeisterschaften zu entsenden, wird ihm häufig nachgesagt…

Das Eindrucksvollste aber an Kardinal Bertone sind seine Augen. Seine Augen sind klein und sehr dunkel, blicken dabei aber nicht einfach innerhalb seines Gesichtskreises aufs Ungefähre, sondern stechen in ihm zu Prüfungszwecken alles auf. Seine Augen stehen so eng nebeneinander, dass er über den Nasenrücken, der sie trennt, froh sein darf, denn andernfalls würden sie ineinanderfließen.

Indessen schreitet der Kardinal unter Glockengeläut weiter dem Altar zu, in seinem Gefolge kirchliche Würdenträger und ein Schwarm Ministranten. Als er den Altar erreicht hat, küsst er ihn gemäß dem katholischen Ritual, und seine Begleiter verteilen sich auf die vorgesehenen Plätze. Die Messe beginnt.

Als die Messe endet, springen etliche Frauen wie von der Tarantel gestochen auf und rennen zum Altar auf den Kardinal zu, um die ersten zu sein, die die Segnungen seiner Eminenz empfangen. Schnell versteht man, warum die Frauen so überstürzt ihre Plätze verlassen haben und in Windeseile herbeigelaufen sind, denn eine stetig wachsende Anzahl der Gläubigen findet sich vor dem Altar bei dem Kardinal ein, um seinen Segen zu empfangen und seinen Ring zu küssen, den er ihnen an seinem Finger auf Mundhöhe darreicht.

Auch für unseren Präsidenten Lorenzo, für den Bürgermeister Simone und für den sehnigen Helmut mit seinem gekrümmten Stecken, für unsere Delegation wird es Zeit, sich in die wartende Menge einzureihen, wobei von einreihen nicht die Rede sein kann, denn es besteht keine Reihe, vielmehr eine Menge, in die sie sich behutsam drängen. Langsam geht es voran. Die Gläubigen werden einzeln empfangen oder in Paaren, wenn es Eheleute sind. Der Kardinal richtet jeweils das eine oder andere Wort an die Frommen, erteilt den Segen und bietet ihnen dann den Siegelring zum Kusse dar. Das benötigt eine gute Weile, aber Stück für Stück schieben sich unsere Pilger an den Kardinal heran, bis sie ihn endlich erreichen und vor ihm stehen. Der Kardinalsekretär, an der Seite des Kardinals harrend, stellt Lorenzo, Simone und Helmut vor, flüstert leise in das Ohr des Kardinals und erläutert ihm, welche Bewandtnis es mit den drei Männern, den Pilgern auf der Via Romea, auf sich habe. Der Kardinal aber scheint abgelenkt, scheint nicht mit voller Aufmerksamkeit bei der Sache zu sein, denn schon seitdem er Helmut mit dessen gekrümmten Stab in seiner Nähe erblickt hat, kann er seine Augen kaum von ihm wenden. Genau genommen ist es nicht Helmut selbst, dem die verstärkte Aufmerksamkeit des Kardinals gilt, sondern es ist der Krummstab aus Olivenholz mit der eingedrehten Krümme, die in ihrer Schlichtheit ihm so auffällig und deshalb nahezu frevelhaft scheint, so provozierend in ihrer Schmucklosigkeit. So ähnlich in Form und Höhe mit einem Bischofsstab, mit seinem Bischofsstab und doch so grundverschieden in seiner Einfachheit und Prunklosigkeit.

Nein, es ist auch der sehnige Helmut mit seinem Halstuch und der genügsamen Kleidung. Es sind beide zusammen, die der stechende Blick des Kardinals prüft. Der Stab und Helmut. Die Augen des Kardinals wandern beständig zwischen den vor ihm stehenden Gläubigen und Helmut mit seinem Stab hin und her. Der Blick des Kardinals bekommt etwas Flackerndes, Irrlichterndes, als schließlich die drei Via-Romea-Pilger direkt vor ihm stehen und ihm vorgestellt werden. Der Kardinal scheint kaum zuzuhören, was der Kardinalssekretär sagt. Sein bislang eher fahles Gesicht hat sich an den Wangen gerötet, die zuvor zusammengepressten Lippen sind leicht geöffnet, und seine Blicke saugen sich an dem Stab aus Olivenholz mit der eindrucksvollen Krümme fest. Und dann geschieht es… Der Nasenrücken des Kardinals kann die Macht der Augen nicht mehr halten, er wird überschwemmt, und die Augen fließen über den Nasenrücken hinweg ineinander und bilden eine Sichtrinne. Das alles geschieht und ist einige Augenblicke später vorüber. Die Röte auf des Kardinals Wangen lässt nach, die Lippen pressen sich zusammen, sein Blick verliert das Flackernde, wird einfach nur stechend, die Augen senken sich zurück in ihre Höhlen, der Nasenrücken trennt sie wie zuvor, und er wendet sich denen zu, die da vor ihm stehen. Er lässt den Kardinalssekretär die Vorstellung der drei Pilger wiederholen, die dieser erneut in das Ohr des Kardinals flüstert. Der Kardinal Bertone nickt zustimmend, wirkt entspannt, nickt das eine um das andere Mal, erteilt murmelnd seine Segen und streckt dann Lorenzo seine Hand mit dem Siegelring in Mundhöhe zum Kusse hin. Lorenzo aber, Präsident des italienischen Vereins der Via Romea, bestens informiert über die Rechte eines Pilgers, eingedenk des Rechts eines Pilgers auf Teilhabe an den Klerusrechten, eingedenk dessen, dass der Pilger während der Pilgerschaft mit den anderen Angehörigen des Klerus auf gleicher Stufe verkehrt – dessen eingedenk, fasst Lorenzo die Hand des Kardinals, zieht sie von der Mundhöhe auf bequeme Handschlaghöhe herunter und schüttelt sie kräftig. Denn Kollegen küssen sich nicht die Hände – sie schütteln sie!

X

Sonnenkraft

Es ist ein Nachmittag. Im Rathaus von Ochsenfurt sitzt Bürgermeister Felix Dombrowski an seinem Arbeitstisch und blättert in den Unterlagen, die ihm die Verwaltung in drei recht umfangreichen Mappen vorbereitet hat, die alle drei recht unerquickliche Themenkomplexe behandeln. Die Verwaltung ist auf Grund seiner wiederholten Vorhaltungen bezüglich der unübersichtlichen Loseblattsammlungen die einzelnen Themen betreffend, die ihn in die Lage versetzen sollen, die Sachverhalte zügig zu durchdringen, dazu übergegangen, streng gegliederte Vorlagen zu erstellen, die Punkt um Punkt die einzelnen Bereiche aufführen. Bürgermeister Dombrowski seufzt. Die Gliederung der Verwaltung entspricht nicht im Mindesten seinen Vorstellungen. Das, womit er bei dem Thema eingestiegen wäre, hat die Verwaltung in drei Abschnitte zerlegt und in römisch fünf, sieben und neun verstreut. Die beiden Hauptargumente für den Ausbau Fernwärmeversorgung der restlichen Straßenzüge in der Altstadt hat die Verwaltung unter Sonstiges aufgeführt, während sie in einer langen Reihe von Abschnitten und Unterabschnitten auf die Möglichkeiten der Hausbesitzer hinweist, die Fernwärmeversorgung abzulehnen oder gar gegen das Vorhaben zu klagen. In den beiden anderen Mappen, die sich mit der Sanierung der Berufsschule beschäftigen einschließlich des Lehrschwimmbeckens und der Beteiligung der Stadt an Reparaturmaßnahmen bei der Abwasserkläranlage, die diese im Verbund mit den umliegenden Gemeinden betreibt, sieht es nicht viel besser aus. Einer formal herrlich anzusehenden Aufgliederung in Punkte, Unterpunkte, Abschnitte und Unterabschnitte entspricht ein inhaltliches Drunter und Drüber. Ihm scheint, als habe man seitens der Verwaltung einfach die frühere Loseblattsammlung mit einer Gliederungssoftware bearbeitet und das Ergebnis ohne Prüfung ausgedruckt und ihm übergeben. Er jedenfalls, für seinen Teil, zöge dann doch die Loseblattsammlung wieder bei weitem der aktuellen Vorlageform vor, denn mit ihr, der Loseblattsammlung, konnte er im Stadtrat nach Belieben verfahren, während ihn jetzt diese unsägliche Gliederung einschnürt. Im Improvisieren war er seinen Kolleginnen und Kollegen im Stadtrat stets voraus. Er seufzt ein weiteres Mal. Er zupft sich am Ohrläppchen, wischt sich über die Nase und drückte die Verbindungstaste zu seiner Sekretärin.

„Sei so gut…"

Mehr braucht er nicht zu sagen. Nach einigen Minuten erscheint die Sekretärin mit einem Tablett, auf dem sie den Schoppen Silvaner, dessen Glas vor Kälte beschlagen ist, zusammen mit einem Schälchen Erdnüsse hereinträgt. Der Bürgermeister dankt mit wundem Blick, der seinen Vorlagemappen gilt. Die Sekretärin erwidert ihn mit einem aufmunternden Blick – ‚das wird schon, es ist doch immer geworden' – und verschwindet im Vorzimmer. Der Bürgermeister nimmt einen ersten Schluck von dem kräftigenden Silvaner und vertieft sich in die Fernwärmeversorgungsordnung in der Altstadt. Eine Stunde mag vergangen sein, in der der Bürgermeister die Unterlagen sichtet, als es klopft. Die Sekretärin steckt den Kopf ins Zimmer und sagt: „Da sind zwei… zwei Herren… sie wollen Sie sprechen… sie waren schon mal da, glaube ich."

Der Bürgermeister unterbricht seine Arbeit, schaut auf: „Wer… Was wollen sie?

„Ich weiß nicht", sagt die Sekretärin, „sie wollen es nicht sagen und sagen nur, dass sie zu Ihnen wollen… sie haben keinen Termin… sie sagen, Sie kennen sie. Sie waren schon mal da… vor längerer Zeit… ist schon eine Weile her… zwei…"

Der Bürgermeister hält inne, klappt die

Mappe mit den Unterlagen über die Reparaturmaßnahmen bei der von der Stadt und den Gemeinden gemeinsam betriebenen Abwasserkläranlage zu und sagt: „Also gut, lass sie herein."

Die Sekretärin öffnet die Tür zur Gänze und bittet die Besucher herein.

Farid und Walid treten ein. Sie lächeln, vielleicht ein wenig verschämt, ein wenig unsicher, aber sie lächeln freundlich und legen, während sie sich in Richtung des Bürgermeisters zwei-, dreimal verbeugen, die rechte Hand auf ihr Herz. „Salam, Herr Bürgermeister, der Friede sei mit Ihnen. Sie sind herzensgut. Wir danken Ihnen."

Der Bürgermeister hat sich erhoben und geht auf die beiden zu und versucht erst gar nicht, sein Erstaunen zu verbergen. „Wer kommt denn da... Farid und Walid", sagt er, „meine beiden muslimischen Pilger." Er reicht ihnen die Hand. Die beiden ergreifen die Hand des Bürgermeisters etwas zögerlich und erwidern seinen kräftigen Händedruck nur schwach. „Herein mit euch", sagt er und weist mit der offenen Linken auf die Besucherstühle. Dann geht er zur Telefonanlage und drückt die Verbindungstaste zu seiner Sekretärin.

„Sei so gut", sagt er, als sie abhebt, „bring uns drei Tassen Tee... ja, von dem kräftigen... die beiden Herren sehen ein wenig verfroren aus… und vielleicht noch einen Schuss… nein… nur den Tee und ein paar Kekse."

Er kehrt zu seinen Besuchern zurück, die am Tisch Platz genommen haben. Eine Pause tritt ein. Der Bürgermeister betrachtet seine Gegenüber durchaus mit Wohlwollen. Sie machen zwar einen verhaltenen, aber gleichzeitig gespannten Eindruck, als ob ihnen etwas auf der Seele liege.

Der Bürgermeister ergreift schließlich das Wort: „War die Reise angenehm, die euch zu mir führt?"

„Wir hatten eine sehr angenehme Reise, Herr Bürgermeister, und danken für die Nachfrage", sagt Farid. „Sehr angenehm", wiederholt Walid.

Der Bürgermeister nickt. „Woher kommt ihr, wenn ich fragen darf? Seid ihr gewandert… auf der Via Romea?"

„Nein", sagt Farid, „wir sind nicht gewandert."

„Aha…" Der Bürgermeister nickt und wartet.

„Wir hatten eine Aufgabe zu erfüllen, die

uns aufgetragen wurde", sagt Farid, „wir haben uns bemüht. Sehr bemüht."

„Ach", sagt der Bürgermeister, „hat euch etwa Abu... wie hieß er noch gleich... Abu Tekel... hat euch Abu Tekel – der Friede sei auf ihm – mit einer Mission losgeschickt... und ihr habt..."

„Nein." Farid schüttelt heftig den Kopf, auch Walid schüttelt den seinen. „Wir haben uns von Abu Tekel losgesagt... er ist nicht... er ist nicht gut... er ist nur die Hälfte... er sieht nur die Hälfte..."

Der Bürgermeister schaut fragend. „Was ist denn mit ihm? Ihr wart doch seine Schüler..."

Es wird an der Tür geklopft, und die Sekretärin tritt mit einem Tablett ein, auf dem sich eine Kanne Tee, Tassen, Sahne, Zucker und Kekse befinden. Sie stellt das Tablett auf dem Tisch ab, und der Bürgermeister verteilt die Tassen und gießt jedem Tee ein, reicht den Zucker. Sie rühren in ihren Tassen und nippen dann an dem heißen Getränk.

Farid müht sich um eine Erklärung. „Wir haben uns von Abu Tekel losgesagt. Du erinnerst dich, herzensguter Bürgermeister, als wir Mechthild antworten sollten... sie fragte uns... sie fragte uns, was Frauen im Paradies erwartet... und wir wussten keine Antwort. Das war traurig… Wir gingen dann zu Abu Tekel und fragten ihn, was die Frauen im Paradies erwartet… Er hat uns lange angesehen und nichts gesagt… er hat kein Wort gesagt…"

„Adam al jawab jawab", wirft Walid ein.

„Ja", pflichtet Farid ihm bei, „keine Antwort ist auch eine Antwort… dann wurden seine Augen zornig… und er sagte, wie sollen Frauen, die nicht am Freitagsgebet teilnehmen, in das Paradies eintreten können?"

„Aber wie denn", fragten wir, „der Islam sagt, dass eine Frau ermutigt wird, in den Grenzen ihres Hauses zu bleiben, es sei denn, es besteht eine Notwendigkeit, für die sie ihr Haus verlassen muss… wie soll jemand zum Freitagsgebet gehen, wenn er nicht aus dem Haus darf?... Keine Antwort… zorniges Schweigen. Wir verließen Abu Tekel und gingen zu Abu Sadiq – der Friede sei auf ihm. Abu Sadiq ist trotz seiner Jugend ein weiser Mann, ein freundlicher und guter Mann… er sieht mit dem Herzen… er sieht beide Hälften."

Farid und Walid nicken. „Wir erzählten Abu Sadiq – der Friede sei auf ihm - die ganze Geschichte… von unseren Wanderungen mit Helmut in Norwegen, von den Wanderungen auf der Via Romea. Wir erzählten ihm von unseren Bemühungen, das

Christentum zu verstehen, und unserem Wunsch, die Christen mögen den Islam besser verstehen lernen. Wir erzählten ihm auch von unserem Besuch bei dir, herzensguter Bürgermeister. Wir erzählten ihm, wir haben Tee bei dir bekommen. Wir erzählten auch, dass wir nicht wussten, was wir Mechthild auf ihre Frage nach dem Paradies antworten sollten, und deswegen abgereist sind. Wir erzählten alles... es hat sehr lange gedauert."

Farid und Walid nehmen ihre Teetassen in die Hand und trinken. Der Bürgermeister tut es ihnen gleich.

„Abu Sadiq – der Friede sei auf ihm – hat uns zugehört, ohne uns zu unterbrechen. Als wir geendet hatten, ließ er einige Minuten verstreichen und sagte dann, er wolle alles überdenken und wir sollten in sieben Tage wiederkommen. Wir gingen und kehrten nach sieben Tagen zurück. Abu Sadiq empfing uns. Er war ernst, aber umhüllt in Güte. Er sagte: ‚Es ist sehr traurig. Abu Tekel sieht nur die Hälfte. Viele sehen nur die Hälfte. Unsere Frauen sterben zu früh. Sie sterben viel früher als die Männer. Ihnen fehlt das Vitamin D. Der Organismus benötigt das körpereigene Vitamin D. Es ist eines der wichtigsten Vitamine für das Leben. Das Sonnenlicht ist die Quelle für das Vitamin. Das Sonnenlicht. Wir haben in unseren Ländern Sonne im Überfluss, wir haben mehr Sonne, als wir wünschen, aber unsere Frauen bekommen keine Sonne. Das ist sehr traurig. Sie müssen im Haus bleiben, oder wenn sie das Haus verlassen, sind sie verhüllt. Burka, Buschija, Nikab, Tschador, Hidschab… Stoffe, Stoffe, Stoffe… alles, um die Blicke der Männer abzuhalten. Sie sind verhüllt, und die Sonne erreicht nicht ihre Haut. Weil die Männer es nicht wollen. Die Männer sind eifersüchtig auf die Sonne. Es ist traurig. Sie sterben zu früh.

Im Koran können wir Sätze finden, die anderes sagen, aber wir sollten unseren Augen vertrauen und auf unser Herz hören. Wenn wir wissen wollen, wie das Wetter ist, öffnen wir die Tür. Wir müssen nicht Wetterkunde studieren, um zu erkennen, wie das Wetter ist. Wenn wir wissen wollen, wie es mit unseren Frauen steht, brauchen wir nur unsere Augen zu öffnen… Wir haben so viel Licht, dass wir nicht mehr wissen, was Licht ist. Sie verkaufen Öl und denken, sie sind reich. Sie wissen nicht, was Licht ist. Es wird der Tag kommen, an dem sie Licht verkaufen werden. Vielleicht verstehen sie dann… Wir sollen das Licht schätzen und wir sollen unsere Frauen schätzen. Wir sollen unseren Frauen Licht geben. Alles andere ergibt sich daraus. Am Anfang steht das Licht… In den arabischen Ländern verstehen sie das nicht. Für sie ist das Licht so gegenwärtig, dass sie es nicht wahrnehmen als Lebenskraft. In den Ländern der Christen wird das Sonnenlicht hochgeschätzt. Dort ist es selten und es wird wahrgenommen. Unsere Brüder und Schwestern in den Ländern der Christen beginnen dort zu verstehen, was das Licht ist. Wir können unsere Ansicht über das Licht in den muslimischen Ländern nicht äußern. Es wird nicht verstanden. Es wird abgelehnt. Sie wollen es nicht. Wir müssen in den Ländern der Christen mit der Botschaft des Lichts an unsere Brüder und Schwestern herantreten. Sie verstehen es. Sie werden es nach und nach in ihren Heimatländern verbreiten. Lasst die Frauen ans Licht. Alles andere ergibt sich.

Stellt euch mit den Christen gut. Fragt sie, wenn ihr etwas wollt. Bittet sie, wenn ihr eine Moschee bauen wollt… das Licht kommt aus dem Orient. Alle wissen, das Licht kommt aus dem Orient. Den Frauen aber wird das Licht vorenthalten. Verhüllt in ihren Gewändern, eingeschlossen in ihren Häusern, sind sie Geschöpfe der Lichtlosigkeit. Finsternis herrscht auf ihrer Haut… Sie wundern sich, dass ihre Frauen rasch verblühen. Sie wundern sich, wenn ihre Schönheit verdirbt… sie wundern sich, wenn ihre Frauen von Krankheiten aller Art befallen werden… sie wundern sich, wenn ihre Frauen so früh sterben. Nein, sie wundern sich nicht, sie nehmen es hin und denken, es ist Allahs Wille, es sei die Frau so geschaffen. Es ist nicht Allahs Wille… es ist das fehlende Vitamin, das durch die Sonne erzeugt wird. Nur das Sonnenlicht auf der Haut bildet das Vitamin, das das Leben trägt. Befreit die

Frauen von der Verschleierung. Alles andere ergibt sich. In unseren Ländern sterben die Frauen fünf Jahre früher als die Männer. In den Ländern der Christen sterben die Männer fünf Jahre früher als die Frauen. Gebt unseren Frauen diese zehn Jahre. Gebt unseren Frauen das Licht und die verlorenen Jahre, die die ihren sind. Geht wieder auf die Via Romea. Wendet euch den Christen zu. Besucht alle Städte und klopft in jeder Stadt an. Dort, wo euch Tee angeboten wird, sollt ihr ihn in Frieden trinken und macht dann dieser Stadt ein großzügiges Angebot, das ich euch geben will'."

Hier unterbricht Farid seine Erzählung und sieht Bürgermeister Dombrowski mit feierlichem Ausdruck an. Walid scheint ebenfalls ergriffen zu sein.

„Wir haben in keiner Stadt Tee bekommen", sagt Farid, „keinen Tee in keiner Stadt."

„Keinen Tee in keiner Stadt", sagt auch Walid und schüttelt den Kopf.

„Das ist traurig", bedauert der Bürgermeister und wirkt bedrückt, „sehr traurig... alle Achtung..."

„Wir haben nur hier den Tee trinken dürfen. Hier bei dir. Wir danken dir." Beide neigen mehrmals ihre Oberkörper im Sitzen. „Wir haben dir ein großzügiges Angebot vorzulegen, das dir Abu Sadiq – der Friede sei auf ihm - übermittelt. Er hofft, dass es dein Gefallen finden wird. Er knüpft nur eine einzige Bedingung an sein großzügiges Angebot."

Der Bürgermeister stellt in Erwartung den Kopf ein wenig schräg: „Und das wäre?"

In Farids Augen springen Funken: „Auch ein weiblicher Imam muss in der Moschee das Gebet leiten dürfen. Eine Imamin"

Der Bürgermeister stellt nun seinen Kopf äußerst schräg, öffnet den Mund zu einer Rundung und wünscht eine Erklärung.

Und so sieht das Angebot aus, das Abu Sadiq dem Bürgermeister unterbreiten lässt. Abu Sadiq hat sich mit mehreren Männern und Frauen beraten, die alle der Überzeugung sind, dass in Zukunft das Sonnenlicht die Haut der Frauen erreichen muss, um bei ihnen Missbehagen, Krankheiten und zu frühen Tod abzuwenden. Sie sind der Meinung, alle Vorschriften, die dem Empfang des Sonnenlichtes entgegenstehen, müssen geändert werden. Unter diesen Männern und Frauen sind eine Reihe von Geschäftsleuten, Geschäftsmänner und auch Geschäftsfrauen, die sehr erfolgreich in verschiedenen Bereichen tätig sind und ihre Aktivitäten bis nach Europa ausdehnen. Sie haben sich entschlossen, eine Moschee in Ochsenfurt zu finanzieren. Die Moschee soll in Größe und Ausführung ihrer Umgebung entsprechen und sich dem vorhandenen Baustil anpassen. Alle Kosten werden übernommen. Zusätzlich wird ein Gemeindesaal benötigt, in dem Vorträge, Treffen und andere Aktivitäten stattfinden können. Eine Weiterbildungseinrichtung unter dem Namen ‚Sunpower', deren Angebote allen Bürgern und Bürgerinnen offenstehen sollen. Gottesdienste in der Moschee werden von einem Imam und verpflichtend einer Imamin geleitet, die im Einvernehmen mit deutschen Behörden ausgewählt werden. Alle Muslime und Muslima aus der Umgebung, die dafür eintreten, das Sonnenlicht an die Haut der Frauen zu lassen, werden Ochsenfurt besuchen. Zudem will die Investorengruppe ein Restaurant eröffnen, das arabische Speisen anbietet…

Der Bürgermeister lässt sich sofort, nachdem sich Farid und Walid verabschiedet hatten, eine Stärkung bringen, lässt sich in seinem Ohrensessel nieder, verengt die Augen ein wenig und blinzelt zu dem Butzenglas der Fenster seines Arbeitszimmers. Die Dämmerung hat eingesetzt. Er nimmt einen Schluck Silvaner aus dem vor Kälte beschlagenen Glas, den er dringend benötigt. Was ist davon zu halten, was da der Abu Sadiq ihm vorgeschlagen hat? Er war mit den beiden verblieben, dass es bei grundsätzlichem Interesse seitens der Stadt zu einem ersten Treffen mit den Investoren kommen müsse, um in aller Offenheit die Positionen zu klären und die Möglichkeiten eines Moscheebaus einschließlich des Gemeindesaals und des Bildungszentrums zu besprechen. In einem solchen Fall, das hat er den beiden verdeutlicht, erwarte er von seinen Verhandlungspartnern konstruktive, klare und tragfähige Vorschläge. Verbindliche Absichtserklärungen mit Unterschriften.

Das Projekt des Pilgerwegs Via Romea, das vor drei Jahren begonnen worden war, erweist sich als fadenscheinig, als wenig nützlich. Ein Pilgerweg lässt sich nicht aus dem Boden stampfen, ein Pilgerweg benötigt Zeit und nochmals Zeit, um sich zu gründen, um zur Gewohnheit zu werden. Ein Pilgerweg muss durch Tradition über Generationen hinweg wachsen und kann nicht mit einem bunten Faltprospekt aufgerufen werden. Der Strukturwandel wartet aber nicht zweihundert Jahre. Kein Pilger hatte bisher die Stadt belebt. Einmal, so war ihm zu Ohren gekommen, hatte eine rucksackbepackte Gestalt verloren in der Kniebreche gestanden und nach dem Weg zur Via Romea gefragt. Man gab ihm Bescheid. Das war`s. Durch das Angebot von Abu Sadiq tut sich ein Fenster auf. Hier eröffnet sich denkbar eine Chance, um den Strukturwandel zu bestehen, wenn auch die Chance von einer Art ist, auf die er nicht einmal im Traum gekommen wäre…

Danksagung

Gestaltung des Covers, Design und Satz hat glücklicherweise der Grafiker Konrad Grimm übernommen und dem Buch ein schmuckes und den Inhalt repräsentierendes Aussehen verliehen.

Dr. Petra Gold war so freundlich, das Manuskript einer strengen Prüfung zu unterziehen, dem Fehlerteufel den Kampf anzusagen und wertvolle Hinweise zum Inhalt zu geben. Für etwaige Ungenauigkeiten und Irrtümer ist allein der Autor verantwortlich.

Werner Binnen ist zu danken, dass er die Ochsenfurter Schar der Pilger-Wanderer und Pilger-Wanderinnen über die vielen Etappen bis nach Rom geführt hat.

Weitere Bücher von Achim Fischer:

Die Gans ISBN 978-3-943977-57-8
Der Ochsenfurter Novellen erster Band, S. 110, 2016

Die Frau ISBN 978-3-940449-14-6
Der Ochsenfurter Novellen zweiter Band, S. 122, 2016

Die Ochsenfurter Novellen „Die Gans" und „Die Frau"
sind zurzeit nur bei achimfischer-och@web.de
für jeweils € 10,- incl. Versandkosten zu erhalten

Die Fülle ISBN 978-3-9818430-7-1
Irrzählungen aus dem Leben des Herrn F., S. 274, 2018

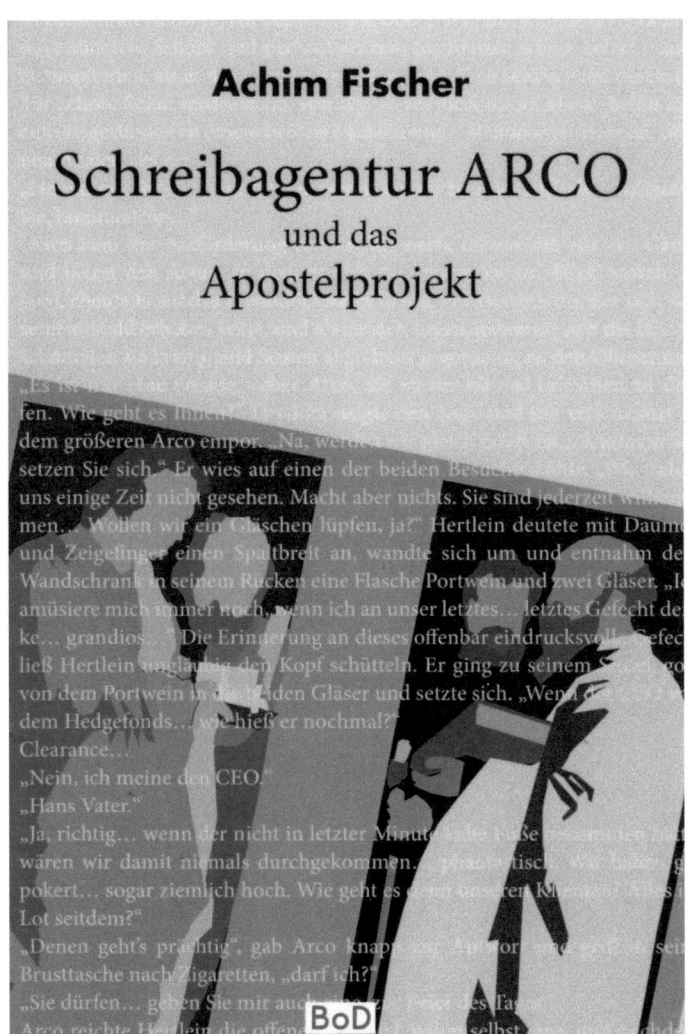

Schreibagentur Arco ISBN 978-3-754379189
und das Apostelprojekt" S. 192, 2022